홍길동젼

홍길동전

— 김기창 엮음 —

종문화사

　고전 작품은 우리의 선조가 물려준 가치 있는 문화 유산이다. 그 속에는 우리 조상들의 사상과 감정, 그 시대의 모습, 그리고 다양한 의식과 관념이 문학적으로 형상화되어 있다. 그러므로 우리는 고전 작품을 통해 조상들의 삶의 모습과 의식을 알고, 현대를 살아가는 우리가 어떤 삶을 살아가야 할 것인가를 배우게 된다.

　'가장 잘 알려져 있으면서도 가장 잘 읽지 않는 것이 고전'이라는 말이 있다. 이것은 참으로 듣기 거북한 말이지만, 맞는 말이다. 우리의 고전을 제대로 읽은 사람이 과연 얼마나 될까? 함부로 윤색한 것, 줄거리 위주로 마구 줄여 놓은 것, 동화 형태로 바꾸어 놓은 것 말고 원전의 형태대로 읽어 본 사람이 도대체 몇이나 될까? 전문 연구자 외에는 그다지 많지 않은 게 우리의 현실이다.

　우리는 주위에서 우리의 고전 작품을 제대로 읽지도 않고 잘 알지도 못하면서 외국의 고전 작품에 비해 재미가 없다거나 보잘것없다고 큰 소리로 말하는 사람을 자주 본다. 우리 신화는 알지도 못하면서 그리스 로마 신화에 열광하고 압도당하는 사람, 우리 고소설은 읽지도 않으면서 외국의 고전 명작에 흠뻑 젖어 있는 사람이 많이 있다. 이래도 되는 것일까?

우리의 고전 작품에는 조상의 지혜와 낭만이 담겨 있다. 오랜 세월을 지내는 동안 갖가지 일을 겪으면서 알고 느끼고 상상한 모든 것이 표현되어 있다. 어떻게 하면 잘되고 어떻게 하면 못 되는지, 좀 더 가치 있는 삶이 무엇인지 아로새겨져 있다. 우리 민족은 오천 년 역사 속에서 다양한 경험을 해 왔기에 수많은 고전을 지니고 있다. 이것을 제대로 읽는다면, 우리는 오천 년을 살아 본 듯한 지혜를 가지고 여유 있고 풍요로운 삶을 살아갈 수 있다.

하지만 우리의 고전을 읽는 데에 어려움이 있는 것은 사실이다. 많은 고전 작품은 원문이 한문으로 씌어 있는 데다 우리 글로 씌어 있어도 이해하기 어려운 옛말이나 한자어 그리고 고사성어 등이 섞여 있다. 그래서 중·고등학교 학생은 물론 대학생 또는 일반 교양인이 이를 혼자서 읽고 즐기기는 쉽지 않다. 원전의 맛을 잃지 않도록 하되, 얼마든지 즐겁게 감상할 수 있도록 쉽게 번역을 하거나 문장을 다듬을 필요가 있다. 과거의 사람에게만 감동을 안겨 주고 멈추어 있는 죽은 고전이 아니라 현대를 살아가는 우리에게도 여전히 감동을 주는 살아 있는 고전으로 부활시켜야 하는 것이다.

이번에 펴내는 '꼭 제대로 읽어야 할 우리 고전'은 해당 작품에 대해 오랫동안 공부해 온 연구자들이 원전의 모습을 지키면서 누구나 재미있게 읽고 즐길 수 있도록 고쳐 쓰는 것을 원칙으로 삼았다. 이에 따라 이해하기 어려운 옛말이나 한자어, 고사성어는 쉬운 말로 고쳐 쓰거나 풀어썼다. 또 사투리는 표준말로 고쳐 쓰고 예스러운 문어체 문장이나 현대 어법과는 다른 표현, 뜻이 잘 통하지 않는 문장은 뜻을 잘 드러내는 문장으로 바꾸어 쓰는가 하면, 작품을 몇 부분으로 나누어 제목을 붙이고 중요 장면에는 그림을 곁들여 내용의 극적 효과를 높여 내용을 쉽게 이해하도록 함으로써 청소년이나 일반 교양인도 가까이할 수 있는 고전을 만들고자 애썼다.

그뿐 아니라 누구나 가까이할 수 있도록 하기 위해 설명이 필요한 낱말이나 어구에는 본문 아래에 각주를 두었으며, 더욱 자세하고 수준이 높은 설명이나 해석을 알고자 하는 이를 위해서는 본문 뒤에 미주를 따로 마련했다. 또한 본문의 편집은 교과서와 같은 방식을 택하여 공부하는 학생들이 원고지 쓰는 법이나 문장 부호 사용법에 친숙해지도록 배려했다.

그리고 작품 해설에서는 고전 작품이 필사나 인쇄 등 여러 방법을 통해 향유되었던 점을 고려하여 해당 작품의 다양한 이본 현황을 쉽게 파악하도록 하고, 작품에 대한 개략적 설명과 함께 작품을 둘러싼 여러 가지 논란 거리를 간략하게 정리하여 해당 작품이 문학사에서 차지하는 의미를 이해하게 했다. 그 밖에 생각해 볼 문제나 토론 거리도 제시하여 학습의 장에서 효율적으로 활용할 수 있도록 배려했다.

앞으로 이 시리즈가 국문으로 기록된 고전 작품은 물론, 한문으로 기록된 고전 작품과 구비 전승된 작품까지 포함하는 명실상부한 '꼭 제대로 읽어야 할 우리 고전'이 되도록 하겠다. 지금까지 널리 알려지지는 않았으나 오늘에 되살릴 만한 가치를 지닌 고전 문학 작품도 앞으로 계속 소개하고자 한다. 아무쪼록 이 시리즈가 우리 고전을 제대로 읽고자 하는 이에게 도움을 주고, 나아가 우리 고전에 대한 올바른 이해를 바탕으로 우리 문화에 깊은 관심과 애정을 쏟게 하는 데에 작은 보탬이 되기를 기대한다.

차 례

용꿈을 꾸고 길동을 얻다

조선 세종 때에 한 재상이 있었으니 성은 홍씨요, 이름은 아무개[①]였다. 대대로 이름난 집안의 후손으로 어린 나이에 급제하여 벼슬이 이조 판서에까지 이르렀다. 인품이 훌륭하기가 조정과 민간에 으뜸인 데다 충효까지 갖추어 그 이름을 온 나라에 떨쳤다.

일찍 두 아들을 두었으니, 맏아들의 이름은 인형인데 정실* 부인 유씨가 낳은 아들이고, 둘째 아들의 이름은 길동으로 시비* 춘섬이

---

* 정실(正室) : 첩에 대해 본부인을 이르는 말.
* 시비(侍婢) : 가까이서 시중드는 여자 종.

낳은 아들이다.

그에 앞서 공이 길동을 낳기 전에 한 꿈을 꾸었다. 갑자기 우레와 벼락이 진동하며 청룡이 수염을 거꾸로 하고 공을 향하여 달려들기에 놀라 깨어 보니 한바탕 꿈이었다. 공은 마음속으로 크게 기뻐하며 생각하기를,

'내가 이제 용꿈을 꾸었으니 반드시 귀한 자식을 낳으리라.'

하고, 즉시 내당*으로 들어가자 부인 유씨가 일어나 맞이하였다. 공은 기쁜 마음으로 바로 관계하고자 하였으나, 부인은 정색을 하고 말하였다.

"상공께서는 평소 몸가짐을 바르게 하시는 분인데, 어찌 어리고 경박한 사람의 천한 행위를 하고자 하십니까? 첩*은 따르지 않겠습니다."

부인은 말을 마치고는 손을 떨치고 나가 버렸다. 공은 몹시 무안하여 화를 참지 못하고 외당으로 나와 부인의 고지식함을 한탄하였다.

그때 마침 시비 춘섬이 차를 올리기에 공이 그 고요한 분위기를 틈타 춘섬을 이끌고 곁방에 들어가 바로 관계하였다.

그 무렵 춘섬의 나이는 열여덟이었다. 한번 몸을 허락한 후에는 문밖에 나가지 아니하고 다른 사람과 접촉할 마음도 먹지 않으므

---

* 내당(內堂) : 부녀자가 거처하는 안방. 반면 외당은 바깥주인이 거처하는 곳이다.
* 첩(妾) : 지난날 결혼한 여자가 자기를 낮추어 이르던 말.

로, 공이 기특하게 여겨 춘섬을 첩으로 삼았다.

춘섬은 그달부터 태기가 있더니 열 달이 지나 옥동자를 낳았는데, 생김새가 비범하여 실로 영웅호걸의 기상이었다. 공은 기뻤으나 한편으로는 부인의 몸에서 태어나지 못한 것을 안타깝게 여겼다.

부형을 부형이라 부르지 못하고 천대받다

　　　　　　　　　　길동이 점점 자라 여덟 살이
되자, 총명하기가 다른 사람보다 뛰어나 하나를 들으면 백 가지를
알 정도라 공이 더욱 사랑스럽게 여겼다. 하지만 출생이 천하여 길
동이 늘 아버지를 아버지라 부르고 형을 형이라 부르면 즉시 꾸짖
어 그렇게 부르지 못하게 하였다. 길동이 열 살이 넘도록 감히 아
버지와 형을 부르지 못하고, 천한 종들까지 자신을 천대하는 것을
뼛속 깊이 한으로 여겼다.

　어느 가을철 구월 보름께가 되어, 달은 고요히 빛나고 맑은 바람
은 쓸쓸히 불어와 사람의 마음을 울적하게 하였다.

그때 길동은 서당에서 글을 읽다가 문득 책상을 밀치고 탄식하였다.

"대장부가 세상에 나서 공자와 맹자를 본받지 못할 바에야, 차라리 병법이라도 익혀 대장인*을 허리춤에 비스듬히 차고 동정서벌*하여 나라에 큰 공을 세우고 이름을 만대에 빛내는 것이 장부의 통쾌한 일이 아니겠는가! 나는 어찌하여 일신이 의지할 데 없이 외로워 부형이 있는데도 호부호형을 못하니 심장이 터질 지경이라. 이 어찌 통탄할 일이 아니겠는가!"

길동은 말을 마치며 뜰에 내려와 검술을 익히고 있었다.

그때 마침 공이 달빛을 구경하다가 길동이 서성거리는 것을 보고 즉시 불러 물었다.

"너는 무슨 흥이 있어서 밤이 깊도록 잠을 자지 않느냐?"

길동은 공손히 대답하였다.

"소인은 마침 달빛을 즐기는 중입니다. 그런데 하늘이 만물을 만든 후 사람이 가장 귀한 줄 아오나 소인에게는 귀함이 없사오니, 어찌 제가 사람이라 하겠습니까?"

공은 그 말의 뜻을 짐작은 하였지만 일부러 책망하는 체하며,

"너 그게 무슨 말이냐?"

하니, 길동이 절하고 말씀드렸다.

---

* 대장인(大將印) : 장수임을 나타내기 위해 차고 다니던 금석의 조각물.
* 동정서벌(東征西伐) : 이리저리로 여러 나라를 정벌함.

"소인이 평생 서러운 것은 대감*의 정기를 받아 당당한 남자로 태어났고, 또 낳고 길러 주신 부모의 은혜가 깊은데, 그 아버지를 아버지라 못하옵고 그 형을 형이라 못하니, 어찌 제가 사람이라 하겠습니까?"

길동은 눈물을 흘리며 적삼을 적셨다.

공이 듣고 나자 비록 불쌍하다는 생각은 들었으나, 그 마음을 위로하면 방자해질까 두려워 오히려 크게 꾸짖었다.

"재상 집안에 천한 종의 몸에서 태어난 자식이 너뿐이 아닌데, 네가 어찌 이렇게 방자하냐? 앞으로 다시 이런 말을 하면 용서하지 않으리라."

길동은 감히 한 마디도 더 하지 못하고 다만 땅에 엎드려 눈물을 흘릴 뿐이었다. 공이

"물러가라."

하자, 그제야 길동은 침소로 돌아와 슬퍼해 마지않았다.

길동이 본래 재주가 뛰어나고 도량이 활달한지라 마음을 가라앉히지 못해 밤이면 잠을 이루지 못하곤 하였다.

하루는 길동이 어머니 방에 가 울면서 아뢰었다.

"소자가 어머니와 더불어 전생연분이 중하여 금세에 모자가 되었으니 그 은혜가 지극합니다. 그러나 소자의 팔자가 기구하여 천한 몸이 되었기에 품은 한이 깊습니다. 장부가 세상에 살면서

---

* 대감(大監) : 조선 시대에 정이품 이상의 관원에 대한 존칭.

남의 천대를 받음이 불가한 까닭에 소자는 자연히 설움을 억제하지 못하여 어머니 곁을 떠나려고 합니다. 엎드려 바라건대 어머니께서는 소자를 염려하지 마시고 귀체*를 잘 돌보십시오."

그 어미가 듣고 나서 크게 놀라 말하였다.

"재상가의 천한 출생이 너뿐이 아니거늘 어찌 마음을 좁게 먹어 어미 간장을 태우느냐?"

길동이 대답하였다.

"옛날 장충의 아들 길산①은 비록 출생이 천하였지만 열세 살에 그 어미와 이별하고 운봉산에 들어가 도를 닦아 후세에 아름다운 이름을 전하였습니다. 소자도 그를 본받아 세상을 벗어나려 합니다. 어머니께서는 안심하고 후일을 기다려 주십시오. 요즘 곡산댁의 눈치를 보니 대감의 총애를 잃을까 하여 우리 모자를 원수같이 생각하고 있습니다. 큰 화를 입을까 두렵습니다. 그러니 어머니께서는 소자가 나가는 것에 대해 염려하지 마십시오."

길동 어머니 춘섬은 이 말을 듣고 더욱 슬퍼하였다.

---

* 귀체(貴體) : 상대방을 높여 그의 몸을 이르는 말.

자객의 칼날을 둔갑법으로 피하다

곡산댁은 본래 곡산 지방의 기생으로 있다가 상공*의 첩이 되었는데, 이름은 초란이었다. 교만하고 방자하기가 이를 데 없어 자기 마음에 맞지 않으면 공에게 고자질을 하기에 집안에 폐단이 수없이 일어났다.

자신은 아들이 없으나 춘섬은 길동을 낳아 상공으로부터 늘 귀여움을 받게 되자, 속으로 불쾌하여 길동을 없애 버릴 마음을 먹고 있었다.

하루는 초란이 흉계를 꾸미고 무녀*를 불러들여 말하였다.

---

* 상공(相公) : 재상의 높임말.

"내가 평안하게 사는 길은 길동을 없애는 방법밖에는 없네. 자네가 만일 나의 소원을 이루어 주면 그 은혜를 후하게 갚겠네."

무녀가 이 말을 듣고 기뻐서 대답하였다.

"지금 흥인문* 밖에 일류 관상녀*가 있는데, 사람의 얼굴을 한 번 보면 전후 길흉을 판단합니다. 그 사람을 청하여 마님의 소원을 자세하게 말하고, 공께 소개하여 그녀로 하여금 전후의 일을 자신이 본 듯이 이야기하게 하시지요. 그러면 공이 속아 넘어가 길동을 없애고자 할 것이니, 그때를 틈타 이리이리하면 어찌 묘한 방법이 아니겠습니까?"

초란이 무녀의 말에 크게 기뻐하여 먼저 은돈 오십 냥을 주고 관상녀를 몰래 데리고 오도록 하니, 무녀가 하직*하고 갔다.

이튿날 공이 내실에 들어와 부인과 더불어 길동이 비범함을 화제로 이야기하면서 다만 신분이 천함을 안타까워하고 있던 중, 문득 한 여자가 들어와 대청 아래서 인사를 하기에 공이 이상하게 여겨 그 여자에게 물었다.

"그대는 어떠한 여자인데 무슨 일로 왔소?"

그 여자가 말하였다.

"소인은 관상 보는 사람이온데, 우연히 상공 댁에 이르렀습니다."

* 무녀(巫女) : 귀신을 섬기면서 길흉을 점치고 굿을 하는 여자 무당.
* 흥인문(興仁門) : 지금의 동대문.
* 관상녀(觀相女) : 사람의 생김새를 보고 그 사람의 운명이나 수명, 성격 등을 판단할 수 있는 여자.
* 하직(下直) : 먼 길을 떠날 때 웃어른에게 작별을 고함.

공이 이 말을 듣고 길동의 장래를 알고 싶어 즉시 길동을 불러서 보이자, 관상녀가 자세히 보다가 감짝 놀라며,

"이 공자의 상을 보니 천고 영웅이요 일대 호걸입니다. 다만 신
분이 낮아서 그럴 뿐 다른 염려는 없을 듯합니다."

하고는 무슨 다른 말을 할 듯하면서도 주저하기에 공과 부인이 크
게 의심이 나서 말하였다.

"무슨 말인지 바른 대로 이르라."

관상녀가 마지 못하는 체하며 주위 사람들을 내보내고 말하였다.

"공자의 상을 보니 가슴속에 조화*가 무궁하고 두 눈썹 사이에
산천 정기가 영롱하여 실로 왕이 될 기상입니다. 장성하면 장차
온 집안이 멸망하는 화를 당할 것이오니 상공께서는 굽어 살펴
십시오."

공이 듣고 나서 놀란 나머지 한참 동안이나 묵묵히 있다가 마음
을 진정시키고,

"사람의 팔자는 피하기 어려운 것이니, 너는 누구에게라도 이런
말을 퍼뜨리지 말라."

라고 당부하고는 은돈을 얼마 주어 보내었다.

그 뒤 공은 길동을 산에 있는 정자에 머물게 하고 행동 하나하나
를 엄격하게 감시하였다. 길동은 이런 일을 당하자 서러움이 더욱
커졌지만 어쩔 수가 없어 '육도삼략①'이라는 병법과 천문지리를

* 조화(造化) : 사람의 힘으로는 알 수 없는 신통한 일. 또는 그것을 나타내는 재주.

공부하고 있었다. 공이 이 사실을 알고는 크게 근심하여 말하였다.

"이놈이 본래 재주가 있어 만일 제 분수에 넘치는 마음을 품게 되면 관상녀의 말과 같을 것이니, 이를 장차 어찌하랴?"

이때 초란이 무녀 및 관상녀와 내통하여 공을 놀라게 하고는 길동을 없애고자 거금을 들여 '특재'라 불리는 자객*을 하나 구하였다. 초란은 특재에게 전후 내막을 자세히 알려 주고는 공에게 자세한 사정을 아뢰었다.

"며칠 전 관상녀가 귀신같이 알아맞혔는데 길동의 앞일을 어떻게 처리하려 하십니까? 저도 놀랍고도 두렵습니다. 일찍 길동을 없애 버리는 것이 나을 듯하옵니다."

공은 이 말을 듣고 눈썹을 찡그리면서,

"이 일은 내가 알아서 할 터이거늘 너는 번거롭게 굴지 말라."

하고 물리치기는 하였으나, 마음이 자연 어지러워 밤이면 잠을 이루지 못하여 병이 나고 말았다. 부인과 좌랑* 인형이 크게 근심이 되어 어쩔 줄 모르고 있는데, 초란이 곁에서 모시고 있다가 아뢰었다.

"상공의 병환이 위중하심은 길동이 때문입니다. 저의 좁은 소견으로는 길동을 죽여 없애면 상공의 병환이 완쾌되실 뿐 아니라 가문도 보존할 것이온데, 어찌 이 점을 생각지 않으시는지요?"

초란의 말을 들은 부인은 대답하였다.

* 자객(刺客) : 남을 몰래 찔러 죽이는 사람.
* 좌랑(佐郞) : 고려 · 조선 시대의 육조에 딸린 정오품 벼슬.

"아무리 그렇다 한들 천륜*이 지중한데 차마 어찌 그런 짓을 하겠나."

"들자오니 '특재'라는 자객이 있는데, 사람 죽이기를 주머니 속의 물건 잡듯이 한답니다. 그에게 거금을 주고 밤에 몰래 들어가 해치게 하면 상공이 아셔도 어쩔 수 없을 것이오니, 부인은 다시 한 번 생각하여 주십시오."

부인과 좌랑이 눈물을 흘리면서 말하였다.

"이는 차마 못할 짓이지만 첫째는 나라를 위함이요, 둘째는 상공을 위함이며, 셋째는 홍씨 가문을 보존하기 위함이니, 너의 생각대로 하려무나."

이 말을 들은 초란은 크게 기뻐하며 다시 특재를 불러 사정을 자세히 이야기하고 오늘 밤에 급히 행하라고 하였다. 특재가 그렇게 하겠다고 하고 어두워지기만 기다렸다.

한편, 길동은 그 원통한 일을 생각하면 잠시를 머물지 못할 바이지만, 상공의 엄한 명령이 지중하므로 어쩔 수가 없어 밤마다 잠을 설치고 있었다.

그런데 그날 밤 촛불을 밝혀 놓고 『주역』②을 골똘히 읽고 있는 중에 까마귀가 세 번 울고 갔다. 길동은 이상한 예감이 들어 혼잣말로,

'저 짐승은 본래 밤을 꺼리거늘 내 앞에서 울고 가니 심히 불길하

---

* 천륜(天倫) : 부자, 형제 사이에서 마땅히 지켜야 할 떳떳한 도리.

구나.'

하면서 잠시 『주역』의 팔괘[③]로 점을 쳐 보고는, 크게 놀라 책상을 밀치고 둔갑법[*]으로 몸을 숨긴 채 동정을 살피고 있었다.

이윽고 사경[④]쯤 되자 한 사람이 비수를 들고 천천히 방문으로 들어오는지라, 길동이 급히 몸을 감추고 주문을 외자 홀연 한줄기의 음산한 바람이 일어나면서 집은 간데없고 사방이 첩첩산중으로 바뀌었다.

크게 놀란 특재는 길동의 조화가 무궁한 줄 알고 비수를 감추며 피하고자 했으나, 갑자기 길이 끊어지고 험한 벼랑이 앞을 막아 오도 가도 못하는 처지가 되었다. 사방으로 방황하다가 피리 소리를 듣고서야 정신을 차리고 살펴보니, 한 소년이 나귀를 타고 피리를 불며 오고 있었다. 그 소년은 피리 불기를 그치고 특재를 꾸짖어 말하기를,

"너는 무엇 때문에 나를 죽이려 하느냐? 무죄한 사람을 해치면
어찌 천벌이 없겠느냐?"

하고 주문을 외웠다. 갑자기 검은 구름이 일어나며 큰비가 물을 퍼붓듯이 쏟아지고 모래와 자갈이 날리었다. 특재가 정신을 가다듬고 살펴본즉 바로 길동이었다. 특재는 길동의 재주가 대단하다고는 여기면서도

'어찌 나를 대적하리오.'

* 둔갑법(遁甲法) : 귀신을 부려 남의 눈을 속이고 자신의 몸을 감춘다는 술법.

하고 달려들면서 소리쳤다.

　"너는 죽어도 나를 원망하지 말라. 초란이 무녀와 관상녀로 하여금 상공과 의논하게 하고 너를 죽이려 한 것이니, 어찌 나를 원망하랴."

　칼을 들고 달려드는 특재를 보자, 길동은 분함을 참지 못해 요술로 특재의 칼을 빼앗아 들고 호통을 쳤다.

　"네가 재물을 탐내어 사람을 죽이기를 좋아하므로 너같이 무도한 놈은 죽여서 후환을 없애겠다."

　길동이 칼을 휘둘렀다. 특재의 머리가 방 가운데 떨어졌다. 길동은 분노를 이기지 못해 그날 밤에 바로 관상녀를 잡아 와 특재가 죽어 있는 방에 밀어 넣고 꾸짖기를,

　"네가 나와 무슨 원수가 졌다고 초란과 짜고 나를 죽이려 하였느냐?"

하고 칼로 치니, 처참하기 그지없었다.

길동이 어머니와 서럽게 이별하고 떠나가다

길동이 두 사람을 죽이고 하늘을 살펴보니, 은하수는 서쪽으로 기울어지고 달빛은 희미하여 마음은 더욱 울적해졌다. 분통이 터져 초란마저 죽이고자 하다가 상공이 사랑하는 여인이라는 데 생각이 미치자, 칼을 던지고 달아나 목숨이나 건지기로 마음먹었다. 바로 상공 침소에 가서 하직 인사를 올리고자 하는데, 마침 공도 창밖의 인기척을 듣고서 창문을 열고 살폈다. 공은 길동임을 알고 불러 말하였다.

"밤이 깊었거늘 네 어찌 자지 않고 이렇게 방황하느냐?"

길동은 땅에 엎드려 아뢰었다.

"소인이 일찍이 부모님께서 낳아 주신 은혜를 만 분의 일이라도 갚을까 하였는데 집안에 의롭지 못한 사람이 있어 상공께 참소하고 소인을 죽이고자 하기에, 겨우 목숨은 건졌으나 더 이상 상공을 모실 길이 없기로 오늘 상공께 하직을 고하옵니다."

이 말을 들은 공이 크게 놀라 물었다.

"너는 무슨 일이 있어서 어린아이가 집을 버리고 어디로 가겠다는 거냐?"

길동이 대답했다.

"날이 밝으면 자연히 알게 되실 것입니다. 소인의 신세는 뜬구름과 같사옵니다. 상공의 버린 자식이 어찌 갈 곳이 있겠습니까?"

길동이 두 줄기의 눈물을 감당하지 못하여 말을 이루지 못하자, 공은 그 모습을 보고 불쌍한 마음이 들어 타일렀다.

"내가 너의 품은 한을 짐작하고 있겠으니, 오늘부터는 아버지를 아버지라 부르고 형을 형이라 불러도 좋다."

길동이 절하고 아뢰었다.

"소자의 한 가닥 지극한 한을 아버님께서 풀어 주시니 죽어도 한이 없습니다. 엎드려 바라옵건대, 아버님께서는 만수무강하시옵소서."

이렇게 말하고 하직하자 공이 붙잡지 못하고 다만 무사하기만을 당부하였다. 길동이 또 어머니 방에 가서,

"소자는 지금 슬하를 떠나려 하오나 다시 모실 날이 있을 것이므

로 어머니께서는 그사이 귀체를 보중하소서."

하고 작별 인사를 하였다. 춘섬이 이 말을 듣고 무슨 까닭이 있음을 짐작하나, 굳이 묻지는 않고 하직하는 아들의 손을 잡고 통곡하면서 말하였다.

"네 어디로 가려 하느냐? 한집에 있어도 거처하는 곳이 멀어 늘보고 싶었는데, 이제 너를 정처 없이 보내고 어찌 잊으랴. 부디 금방 돌아와 만나기를 바란다."

길동이 절하고 문을 나와 멀리 바라보았다. 첩첩한 산중에 구름만 자욱한데 정처 없이 길을 가니 어찌 가련치 않으랴.

한편, 초란은 특재의 소식이 없자 이상하다 싶어 사정을 알아보라 하였더니, 길동은 간 데가 없고 특재와 관상녀의 시신만 방 안에 있더라고 하였다. 이에 몹시 놀라 정신을 차릴 수 없어 급히 부인에게 알렸다. 부인도 크게 놀라 좌랑을 불러 이 일을 이야기하고 상공에게도 알렸다. 이 소식을 들은 상공은 크게 놀라며 말하였다.

"길동이 밤에 와 슬피 하직하기에 이상하다 여겼더니, 결국 이런 일이 벌어졌구나."

이에 좌랑이 감히 숨기지 못하여 그동안 초란이 한 일을 아뢰었다. 이에 공은 더욱 분노하여 초란을 내쫓고 그들의 시체를 슬그머니 없앤 후, 종들을 불러 이런 말을 내지 말라고 당부하였다.

스스로 활빈당이라 이름 짓다

         길동은 부모와 이별하고 정처 없이 떠돌다가 경치 좋은 한 곳에 이르렀다. 인가를 찾아 점점 들어가자 큰 바위 밑에 돌문이 닫혀 있었다. 가만히 그 문을 열고 들어가자 넓은 들판에 수백 호의 인가가 즐비하게 늘어서 있었다. 여러 사람이 모여 잔치를 하며 즐기고 있었는데, 알고 보니 그곳은 도적의 소굴이었다. 문득 길동을 보고 그 사람됨이 만만하지 않음을 알아차린 무리들은 길동에게 반겨 물었다.

    "그대는 어떤 사람이기에 이곳에 찾아왔소? 이곳에는 영웅이 모여 있으나 아직 우두머리를 정하지 못하고 있으니, 그대가 만일 용맹스러운 힘이 있어 참여할 마음이 있으면 저 돌을 들어 보시오."

길동이 이 말을 듣고 다행히 여겨 절을 하고 나서 말하였다.

"나는 서울 홍 판서의 서자* 길동인데, 집에서 천대받기가 싫어서 아무 데나 정처 없이 다니다가 우연히 이곳에 들어왔소. 마침 모든 호걸이 동료 되기를 바라니 대단히 감사하거니와, 장부가 어찌 저만 한 돌 들기를 근심하겠소."

하고 그 돌을 들고 수십 보를 걷다가 던졌다. 무게가 천 근이 넘는 돌이었다. 여러 도적이 동시에 칭찬하였다.

"과연 장사로다. 우리 수천 명 중에 이 돌을 든 사람이 없었는데, 오늘에야 하늘이 도와 장군을 내려 주셨도다."

그들은 길동을 윗자리에 앉힌 뒤 차례로 술을 권하며 옛날 의례대로 흰 말을 잡아 맹서하면서① 언약을 굳게 하였다. 이에 많은 사람이 일시에 응락하고 온 종일 즐기며 놀았다.

그후 길동은 여러 사람과 더불어 무예를 연습해 수개월 안에 군법을 엄히 세웠다.

하루는 여러 사람이 제의를 하나 했다.

"우리가 진작부터 합천 해인사를 쳐 그 재물을 빼앗고자 하였으나 지략이 부족하여 실천에 옮기지 못하였는데, 장군의 뜻은 어떠하신지요?"

길동은 웃으며 말하였다.

---

* 서자(庶子) : 첩에게서 난 아들.

"내가 장차 출동할 터이니 그대들은 내 지휘대로만 하라."

길동은 푸른 도포에 검은 띠를 띠고 나귀 등에 올랐다. 부하 몇 명도 데리고 나가며

"내가 먼저 그 절에 가서 동정을 살펴보고 오겠다."

하고 가는 뒷모습이 완연한 재상가 자제 같았다. 길동은 그 절에 들어가 주지에게 먼저 말하기를,

"나는 서울 홍 판서댁 자제다. 이 절에 공부를 하러 왔는데, 내일 백미 이십 석을 보낼 것이니 음식을 깨끗이 장만하면 너희들과 함께 먹겠다."

하고는, 절 안을 두루 살펴보며 뒷날을 기약하고 동구*를 나오니 모든 중이 기뻐하였다.

길동이 돌아와 백미 수십 석을 보내고 부하들을 불러 놓고 말하였다.

"내가 아무 날 그 절에 가서 이리이리할 것이니 그대들은 뒤를 따라와 이리이리하라."

그날이 다가와 부하 수십 명을 데리고 해인사에 이르자 중들이 맞이하여 들어갔다. 길동이 노승을 불러 말하였다.

"내가 보낸 쌀로 음식이 부족하지는 않았소?"

노승이 대답하였다.

"어찌 부족하겠습니까?"

---

* 동구(洞口) : 절로 들어가는 산문의 어귀.

길동이 맨 윗자리에 앉아 모든 중을 일제히 청해 각기 상을 받게 하고는, 먼저 술을 마시며 차례로 권하므로 모든 중이 고마워하였다.

길동이 차린 음식을 먹다가 모래를 슬그머니 입에 넣고 깨무니 돌 씹는 소리가 크게 났다. 중들이 듣고 놀라 사과하였지만, 길동은 거짓으로 화를 내어 꾸짖었다.

"너희들은 음식을 어찌 이다지 깨끗지 않게 하였느냐? 이는 반드시 나를 깔보고 업신여기는 것이다."

그러고는 부하들에게 분부하여 모든 중을 한 줄에 결박하여 앉히니, 모두가 겁이 나서 어쩔 줄을 몰랐다.

이윽고 큰 도적 수백 명이 일시에 달려들어 모든 재물을 제 것 가져가듯 하니, 중들이 보고 다만 입으로 소리만 지를 따름이었다.

마침 볼일 보러 갔던 불목하니*가 돌아와 이 일을 보고 즉시 관가에 알리자, 합천 군수가 도적을 쫓다가 문득 보니 송낙*을 쓰고 장삼*을 입은 중이 산에 올라가 외쳤다.

"도적이 저 북쪽의 작은 길로 가고 있으니 빨리 따라가 잡으시오."

관군들은 그 절의 중이 가리키는 말인 줄 알고 풍우같이 작은 길로 찾아가다가 잡지도 못하고 날이 저문 후에 돌아갔다.

길동은 부하들을 남쪽의 큰길로 보내고 홀로 중의 차림으로 관군을 속여 무사히 소굴로 돌아오니, 모든 부하가 이미 재물을 가져

* 불목하니 : 절에서 밥 짓고 물 긷는 일을 하는 사람.
* 송낙 : 소나무 겨우살이로 엮어 만든 여승이 쓰던 모자. 송납의 변한 말.
* 장삼(長衫) : 검은 베로 길이가 길고 소매를 넓게 만든 중의 웃옷.

다 놓고 있었다. 그들이 함께 사례하기에 길동은 웃으며 말하였다.

"장부가 이만 한 재주조차 없으면 어찌 여러 사람의 우두머리가 될 수 있겠는가?"

그후 길동은 스스로 호를 활빈당*이라고 정하였다. 조선 팔도를 다니며 각 읍 수령이 불법적으로 모은 재물이 있으면 빼앗고 의지할 데 없는 사람이 있으면 구제하며, 백성은 침범하지 않고 나라의 재산에는 추호*도 손을 대지 않았다. 그래서 부하들은 그 뜻에 잘 따랐다.

하루는 길동이 부하들을 모아 놓고 의논을 하였다.

"내 들으니 함경 감사가 탐관오리*로 백성을 착취하여 견딜 수 없게 되었는지라, 우리가 그대로 둘 수 없으니, 그대들은 나의 지휘대로 하라."

하고는 아무 날 밤으로 약속을 하고, 한 사람씩 함경도로 들여보내어 남문 밖에 불을 질렀다. 감사가 크게 놀라 불을 끄라 하자, 관리며 백성들이 한꺼번에 달려 나와 불을 껐다. 이때 길동의 부대 수백 명이 함께 성안에 달려들어 창고를 열고 곡식과 무기를 찾아내어 북문으로 달아나니 성안이 물 끓듯이 요란해졌다.

감사가 뜻밖의 변을 당하여 어쩔 줄을 모르다가 날이 밝은 후 살

---

* 활빈당(活貧黨) : 길동이 자신이 이끄는 무리를 '빈민을 살려내는 무리'라는 뜻으로 이렇게 불렀다.
* 추호(秋毫) : (가을에 짐승의 털이 매우 가늘다는 뜻에서) 매우 적음을 일컫는다.
* 탐관오리(貪官汚吏) : 탐관과 오리. 탐욕이 많고 행실이 깨끗하지 못한 벼슬아치.

펴보고서야 창고의 무기와 곡식이 없어졌음을 알았다. 크게 놀란 감사는 도적 잡기에 전력을 기울였다. 그런데 홀연 북문에 방*이 붙기를, '아무 날 돈과 곡식을 도적한 자는 활빈당 당수 홍길동이라.' 하였기에 감사가 군사를 출동시켜 그 도적을 잡으려 하였다.

한편, 길동이 여러 부하와 함께 곡식을 많이 훔쳤으나, 행여 돌아가는 길에 잡힐까 염려하여 둔갑법과 축지법*을 써서 처소에 돌아오니 날이 새려 하였다.

---

* 방(榜) : 널리 알리기 위하여 길거리 등에 써 붙이는 글. 방문의 준말.
* 축지법(縮地法) : 땅을 주름잡아 그 위를 걸어 순식간에 엄청난 거리를 간다는 도술.

여덟 명의 길동이 잡히다

하루는 길동이 여러 부하를 모으고 말하였다.

"지난번 우리가 합천 해인사에 가서 재물을 탈취하고 또 함경 감영*에 가 돈과 곡식을 훔쳐서 소문이 파다하려니와, 내 이름을 써서 감영에 붙였으므로 오래지 않아 잡히기 쉬울 것이다. 그러나 그대들은 나의 재주를 보라."

길동은 즉시 짚으로 일곱 사람을 만들어 주문을 외우고 혼백을 붙였다. 그러자 일곱 길동이 한꺼번에 팔을 휘둘러 기운을 자랑하

---

* 감영(監營) : 감사가 직무를 보는 관아.

며 크게 소리치고 한곳에 모여 야단스럽게 지껄이니, 어느 것이 진짜 길동인지 알 수가 없었다.

팔도에 하나씩 흩어지되 각각 사람 수백 명씩 거느리고 다니니, 그중에서도 어느 것이 진짜인지 알 수가 없었다. 여덟 길동이 팔도에 다니며 바람과 비를 마음대로 불러오는 술법을 부려 각 읍 창고에 있던 곡식을 하룻밤 사이에 종적 없이 가져가며, 지방에서 서울로 올려 보내는 선물 보퉁이들을 하나도 놓치지 않고 탈취하니, 팔도의 각 읍이 시끄러워져서 사람들이 밤에는 잠을 설치고 낮에는 길에 나다니지 못하였다. 이 때문에 팔도가 요란해지자 감사가 공문을 올렸는데, 그 내용은 대략 이러하였다.

난데없이 나타난 홍길동이란 도적이 온갖 재주를 부려 각 읍의 재물을 탈취하고 봉송*하는 물종*이 올라가지 못하도록 훼방을 놓고 있사옵니다. 그 도적을 잡지 못하면 장차 어떤 지경에까지 이르게 될 줄 집작조차 할 수 없사옵니다. 엎드려 바라옵건대 전하께서는 좌우포청*으로 하여금 도적을 잡게 하소서.

임금이 장계*를 보고 놀라 포도대장을 부르고 있는데, 계속 팔도

* 봉송(封送) : 물건을 선사하려고 싸서 보냄. 또는 그 물건.
* 물종(物種) : 물건의 종류.
* 포청(捕廳) : 포도청의 준말. 포도청은 조선 시대 때 도둑이나 그 밖의 범죄자를 잡기 위하여 설치한 관청이다.
* 장계(狀啓) : 감사 또는 지방에 파견된 관원이 임금에게 글로 보고함. 또는 그 보고.

에서 공문이 올라왔다. 연이어 떼어 보니 도적의 이름이 다 홍길동이라 하였고 돈과 곡식 잃은 날짜를 보니 한날한시였다. 임금이 크게 놀라 말하였다.

"이 도적의 용맹과 술법은 옛날 중국의 도적 치우①라도 당하지 못하리로다. 아무리 신기한 놈인들 어찌 한 몸이 팔도에 있어서 한날한시에 도적질을 하리오? 이는 보통 도적이 아니어서 잡기 어렵겠으니 좌포장과 우포장이 군사를 내어서 잡으라."

이때 우포장 이흡이 아뢰었다.

"신이 비록 재주는 없으나 반드시 그 도적을 잡아 오겠사오니 전하께서는 근심하시지 마옵소서. 그런데 좌우포장이 어찌 한꺼번에 출전하겠사옵니까?"

임금이 옳다고 여겨 급히 출발하기를 재촉하자, 이흡이 하직한 후 수많은 관졸을 거느리고 출발하면서 각각 흩어져 아무 날 문경에 모이기로 약속하였다. 이흡은 약간의 포졸들을 데리고 변복*한 채 떠났다.

하루는 날이 저물어 주막을 찾아 쉬고 있는데, 갑자기 어떤 소년이 나귀를 타고 들어와 인사를 하였다. 포장이 답례를 하니 그 소년은 갑자기 한숨을 지으면서 말하였다.

"온 천하가 임금의 땅 아님이 없고 모든 땅의 백성이 임금의 신하 아님이 없습니다. 소생이 비록 시골에 있으나 나라를 위해 근

---

* 변복(變服) : 남이 잘 알아보지 못하도록 다른 옷으로 바꾸어서 차려입음.

심을 하고 있습니다."

포장이 일부러 놀라는 체하며 물었다.

"그게 무슨 말이오?"

"홍길동이라는 도적이 팔도로 다니며 소란을 피워 인심이 동요하고 있는데, 그놈을 잡아 없애지 못하니 어찌 분하지 않겠습니까?"

포장이 그 말을 듣고 말하였다.

"그대가 기골*이 장대하고 말이 곧으니, 나와 함께 그 도적을 잡는 것이 어떠한가?"

소년이 말하였다.

"소생이 벌써부터 잡고자 하면서도 용력*이 있는 사람을 만나지 못하여 그냥 있었는데, 이제 당신을 만났으니 어찌 다행이 아니겠습니까? 그러나 그대의 재주를 알 수 없으므로 그윽한 곳에 가서 시험해 보시지요."

하고 함께 가다가, 한 곳에 이르러 높은 바위 위에 올라앉으면서 말하였다.

"당신은 힘을 다하여 두 발로 나를 차 떨어지게 해 보십시오."

그러고는 벼랑 끝에 나가 앉았다. 포장이 생각하되,

'제 아무리 용력이 뛰어나다 한들 한 번 차면 어찌 떨어지지 않을까.'

---

* 기골(氣骨) : 호락호락하게 보이지 아니하는 튼튼한 체격.
* 용력(勇力) : 씩씩한 힘. 뛰어난 역량.

하고 있는 힘을 다하여 두 발로 힘껏 찼다. 그 소년이 갑자기 돌아 앉으며 말하였다.

"당신은 정말 장사요. 내가 여러 사람을 시험해 보았지만, 나를 움직이게 한 사람은 없었는데, 당신에게 차이어 오장*이 울린 듯 하였소. 그대가 나를 따라오면 반드시 길동을 잡으리라."

하고 첩첩산중으로 들어가기에 포장이 생각하되,

'나도 힘을 자랑할 만하였는데 오늘 저 소년의 힘을 보니 놀라지 않을 수 없구나! 그러나 이곳까지 왔으니 길동을 잡기는 근심할 바 없도다.'

하고 따라갔다. 그 소년이 갑자기 돌아서면서 말하였다.

"이곳이 길동의 소굴입니다. 내가 먼저 들어가 안을 살펴보겠으니 당신은 여기서 기다리시오."

포장은 속으로 의심되었으나, 빨리 잡아 오라고 당부하고는 앉아 있었다. 이윽고 홀연히 계곡으로부터 수십 명의 군졸들이 요란하게 소리를 지르며 내려오고 있었다. 포장이 크게 놀라 피하고자 하는데 점점 가까이 와서 포장을 묶으면서,

"네가 포도대장 이흡인가? 우리가 저승의 왕명을 받아 너를 잡으러 왔다."

하고 꾸짖었다. 그리고 쇠사슬로 목을 옭아 풍우같이 몰아가니, 포장이 혼이 빠져 어쩔 줄을 몰랐다. 어느 곳에 이르러 소리를 지르

---

* 오장(五臟) : 다섯 가지 내장. 곧 간장, 심장, 폐장, 신장, 비장이다.

며 꿇어 앉히기에 포장이 정신을 가다듬어 쳐다본즉 커다란 궁궐 안이었다. 누런 두건을 쓴 힘센 신장*들이 수없이 좌우에 나열하였고, 전상에는 임금이 용상에 앉아 성난 목소리로 말하였다.

"네 하찮은 놈이 어찌 홍 장군을 잡으려 하는가? 너를 잡아 지옥에 가두겠다."

포장이 겨우 정신을 차려,

"소인은 인간 세상의 보잘것없는 사람인데 아무 죄도 없이 잡혀 왔으니 살려 보내 주시기 바랍니다."

하고 애걸하자, 전상에서 웃음소리가 나며,

"이 사람아, 나를 자세히 보라. 나는 활빈당 우두머리 홍길동이다. 그대가 나를 잡으려 하므로 그 용력과 뜻을 알아보고자, 어제 내가 푸른 도포를 입은 소년처럼 꾸며 그대를 인도해 이곳에 와서 나의 위엄을 보여 주는 것이다."

하고 말을 마친 뒤 부하들을 시켜 묶은 것을 풀렀다. 마루에 앉히고 술을 내어 권하면서 다시 말하였다.

"그대는 부질없이 다니지 말고 빨리 돌아가되, 나를 보았다 하면 반드시 죄를 추궁당할 것이니 부디 그런 말은 입 밖에 내지 말라."

길동은 다시 술을 부어 권하면서 부하들에게 내어 보내라 하였다.

포장은 생각하였다.

'내가 꿈인가 생시인가? 어찌하여 여기로 왔을까?'

* 신장 : 염라대왕의 명령을 받드는 귀신 장군.

포장은 길동의 조화를 신기하게 여기며 일어나 가고자 하였다. 그러나 홀연 팔다리를 움직일 수 없었다. 괴이하다는 생각이 들어 정신을 차리고 살펴보자 자신이 가죽 부대 속에 들어 있었다. 간신히 나와 보니 부대 셋이 나무에 걸려 있었다. 차례로 풀러 내어 보니, 처음 떠날 때 데리고 왔던 부하들이었다. 서로 이르기를,

"이게 어찌 된 일인고? 우리가 떠날 때는 문경에서 모이자 하였는데, 어찌 이곳에 왔을까?"

하고 두루 살펴보니, 다른 곳도 아닌 서울의 북악산이었다. 네 사람이 어이없어 성안을 굽어보다가 이윽고 포장이 입을 열어 하인에게 물었다.

"너희들은 어째서 여기 왔느냐?"

세 사람이 아뢰었다.

"소인들은 주막에서 자고 있었는데 갑자기 바람과 구름에 싸이어 이리 왔사오니, 어찌 된 까닭인지 알지 못하겠습니다."

포장이,

"이 일이 너무나 허무맹랑하니 남에게 말하지 말라. 길동의 재주는 헤아릴 수 없는데 사람의 힘으로써야 어찌 잡겠는가? 우리가 들어가면 반드시 죄를 면치 못할 것인즉, 이제 몇 달을 기다리다가 들어가자."

하고 나왔다.

이때, 임금이 팔도에 공문을 내려 길동을 잡도록 하였다. 그렇지

만 그 조화가 무궁하여 서울의 큰길에 수레를 타고 왕래하는가 하면, 혹은 각 고을에 도착 날짜를 미리 공문으로 알려 놓고는 가마를 타고 왕래하기도 하며, 혹은 어사의 모양새를 갖추어 각 읍의 수령 가운데 탐관오리의 목을 자르고 임금에게 보고하되 임시 암행어사 홍길동이 올리는 공문이라 하였다. 이에 임금은 더욱 진노하여,

"이놈이 각도에 다니며 이런 난리를 치는데도 아무도 잡지 못하니, 이를 장차 어찌하리오?"

하면서 삼정승[2]과 육판서[3]를 모아 놓고 의논을 하였다. 그때 연이어 공문이 올라왔는데, 다 팔도에서 홍길동이 작란*한다는 내용의 공문이었다. 임금이 차례대로 보고는 크게 근심하여 주위를 돌아보면서 물었다.

"이놈이 아마 사람은 아니고 귀신인 것 같소. 그대들 중에서 누가 그 근본을 짐작할 수 있겠소?"

한 사람이 나와서 아뢰었다.

"홍길동은 전임 이조 판서 홍 아무개의 서자요, 병조 좌랑 홍인형의 서제*이옵니다. 이제 그 부자를 잡아 와서 친히 문초*하시면 자연히 알게 되실 줄 아옵나이다."

임금이 이 말을 듣고 더욱 화를 내어,

* 작란(作亂) : 난리를 일으킴.
* 서제(庶弟) : 아버지의 첩에게서 난 아우.
* 문초(問招) : 죄인을 캐어물음.

"이런 말을 어찌 이제야 하는가?"

하고는, 즉시 홍 아무개는 의금부*에 가두고 인형을 잡아들여 임금이 몸소 문초를 하였다. 임금이 진노하여 책상을 치며 꾸짖었다.

"길동이라는 도적이 너의 서제라는데, 어찌 단속을 하지 않고 그냥 두어 국가에 큰 재앙이 되게 한단 말인가? 네가 만일 잡아들이지 않으면 네 부자의 충효도 돌아보지 않을 것이니, 빨리 잡아들여 나라에 큰 변이 없게 하라."

인형이 황공하여 관을 벗고 머리를 조아리며 아뢰었다.

"신의 천한 아우가 있어 일찍 사람을 죽이고 달아난 지 몇 년이나 지났으되, 그 생사를 알지 못하여 신의 늙은 아비는 그 때문에 신병이 위중한 나머지 목숨이 끊어질 지경에 이르렀습니다. 길동이 착하지 못하여 성상*께 근심을 끼쳤으니, 신의 죄는 만 번 죽어도 애석하지 않사옵니다. 그러나 죄를 용서하시고 집에 돌아가 조리하게 하시면, 신이 죽음으로써 맹서하고 길동을 잡아 저희 부자의 죄를 면할까 하옵니다."

임금이 다 듣고 나자 감동하여 즉시 홍 아무개를 사면하고, 인형에게 경상 감사를 맡도록 명하며 말하였다.

"경이 만일 길동을 잡지 못하면 감사로서의 능력이 없다고 볼 것이니라. 기한을 일 년 정하여 주니 쉬 잡아들이라."

---

* 의금부(義禁府) : 조선 시대 때 왕명을 받들어 죄인을 심문하는 일을 맡아 보던 관청.
* 성상(聖上) : 살아 있는 자기 나라의 임금을 높이어 이르는 말. 주상.

인형이 수없이 절하며 은혜를 감사하고 임금께 하직하였다. 바로 그날 출발하여 감영에 도착하여 각 읍에 방을 붙였다. 그 내용은 길동을 달래는 것이었는데, 다음과 같았다.

사람이 세상에 태어남에 오륜[④]이 으뜸이요, 오륜이 있으면 인의예지가 분명하거늘, 이를 알지 못하고 임금과 부모의 명을 거역해 불충불효가 되면 어찌 세상이 용납하리요. 우리 아우 길동은 이런 일을 잘 알 터인즉 스스로 형을 찾아와 사로잡히라. 아버님께서 너로 말미암아 병이 깊어지고 성상께서 크게 근심하시니, 너의 죄악이 무척이나 크도다. 이 때문에 나를 특별히 감사로 임명하여 너를 잡아들이라 하신다. 만일 잡지 못하면 우리 홍씨 집안의 여러 대에 걸친 깨끗한 덕이 하루아침에 없어지리니, 어찌 슬프지 않으랴. 부디 바라건대 아우 길동은 이를 생각하여 일찍 자수하면 너의 죄도 덜릴 것이요, 우리 가문도 보존할 수 있을 것이다. 너는 만 번 생각하여 자수하라.

감사가 이 공문을 각 읍에 붙인 뒤 공무를 전폐한 채 길동이 자수하기만 기다리고 있었다.

하루는 나귀를 탄 소년 하나가 하수인 수십 명을 거느리고 병영 문밖에 와 뵙기를 청하였다.

감사가 들어오라 하자 그 소년은 마루 위에 올라와 인사를 하였

다. 감사가 눈을 들어 자세히 보니 그토록 기다리던 길동인지라, 기쁘고도 놀라워 주위 사람들을 물러가게 하고 손을 잡고 흐느껴 울면서 말하였다.

"길동아! 네가 한번 집을 떠난 뒤 생사를 알지 못하여 아버님께서는 고칠 수 없는 병을 얻으셨다. 너는 갈수록 불효를 끼칠 뿐 아니라 나라에 큰 근심이 되었으니, 무슨 마음으로 불충불효를 하며 또한 도적이 되어 세상에 비할 데 없는 죄를 짓느냐? 이 때문에 성상께서 진노하시어 나로 하여금 너를 잡아들이라 하셨다. 이는 피치 못할 죄이니 너는 일찍 서울로 올라가 왕명에 순종하여라."

인형은 말을 마치며 눈물을 비 오듯 흘렸다. 길동은 머리를 숙이고 말하였다.

"제가 여기에 이른 것은 아버님과 형님의 위태함을 구하기 위한 것이니, 어찌 다른 말이 있겠습니까? 일찍이 대감께서 천한 저를 위하여 아버지를 아버지라 부르게 하고 형을 형이라 부르게 하셨던들 어찌 여기까지 이르렀겠습니까? 지나간 일은 말해 보아야 쓸데없거니와 이제 못난 동생을 묶어 서울로 올려 보내십시오."

감사는 이 말을 듣고 슬퍼하는 한편 공문을 쓰고는 길동의 목에 칼*을 씌우고 발에 차꼬*를 채워 죄인을 실어 나르는 수레에 태웠

* 칼 : 중죄인의 목에 씌우는 두꺼운 널빤지.
* 차꼬 : 중죄인의 발목에 채우는 두꺼운 널빤지.

다. 건장한 장교 십여 명을 뽑아 호송하게 한 뒤, 주야로 갑절의 길을 가도록 시켜 올려 보냈다. 각 읍 백성들은 길동의 재주를 들었는지라 잡아 온다는 소문을 듣고 길에 모여 구경을 하였다.

이때 팔도에서 제각기 길동을 잡아 올리니, 조정과 서울 사람들은 어찌 된 영문인지를 아무도 몰랐다. 임금이 놀라서 온 조정의 신하들을 모으고 몸소 죄인을 다스리는데, 여덟 명의 길동이 서로 다투면서 말하기를,

"네가 진짜 길동이지 나는 아니다."

하며 서로 싸우니 누가 진짜 길동인지 분간할 수가 없었다. 임금이 괴이히 여겨 즉시 홍 아무개를 불러 말하였다.

"자식을 알아보는 데는 아비만 한 자가 없다고 하니, 저 여덟 중에서 경의 아들을 찾아내라."

홍 공이 황공하여 머리를 조아리면서 아뢰었다.

"신의 천한 자식 길동은 왼쪽 다리에 붉은 혈점이 있사오니, 그것으로써 알 수 있을 것입니다."

그러고 나서 여덟 길동을 꾸짖었다.

"네 가까이에 임금님이 계시고 그 아래로 아비가 있는데, 네가 이렇듯 천고에 없는 죄를 지었으니 죽기를 두려워 말라."

말을 마치자마자 홍 공은 피를 토하며 엎어져 기절을 하였다.

임금이 크게 놀라 약원*으로 하여금 구하라 하였지만 효험이 없

---

* 약원(藥院) : 대궐 안에 소용되는 의약을 맡던 관아.

었다. 여덟 길동이 이 광경을 보고 일시에 눈물을 흘리면서 주머니에서 환약* 한 개씩을 내어 입에 넣어 주자, 홍 공이 반나절 후에 정신을 차렸다.

여덟 길동은 임금에게 아뢰었다.

"신의 아비가 나라의 은혜를 입었사온데, 신이 어찌 감히 나쁜 짓을 하오리까마는 신은 본래 천한 종의 몸에서 났는지라, 그 아비를 아비라 못하고 그 형을 형이라 못하여, 평생 한이 맺혔기에 집을 버리고 도적의 무리에 참여하였사옵니다. 그러나 무고한 백성은 추호도 범하지 않고 각 읍 수령이 백성들을 들볶아 착취한 재물만 빼앗았을 뿐입니다. 이제 십 년이 지나면 조선을 떠나갈 곳이 있사오니, 엎드려 빌건대 성상께서는 근심하지 마시고 신을 잡으라는 공문을 거두어 주옵소서."

말을 마치며 여덟 명이 한꺼번에 넘어졌다. 자세히 본즉 모두 초인이었다. 임금이 더욱 놀라며 진짜 길동을 잡으라는 공문을 다시 팔도에 내렸다.

---

* 환약(丸藥) : 약재를 가루로 만들어 반죽하여 작고 동글동글하게 빚은 약. 알약.

병조 판서를 제수받고
조선을 떠나다

　　　　　　길동은 한동안 초인을 대동
하지 않고 홀로 다니다가 사대문①에 글을 써 붙였다.

　　요사스러운 신하 길동은 아무리 하여도 잡지 못할 것이오니, 병
　　조 판서 벼슬을 내리시면 잡히겠습니다.

　　임금이 그 글을 보고 신하들을 모아 의논하자 여러 신하들이 말
하였다.

　　"이제 그 도적을 잡으려 하다가 잡지 못하고 도리어 병조 판서를

56

제수*하심은 이웃 나라에도 창피스러운 일이라 사료되옵니다."

임금이 옳다고 여기고 다만 경상 감사에게 길동을 잡도록 재촉하였다. 경상 감사 인형은 왕명을 받고는 황공하고 죄송하여 어쩔 줄을 몰랐다.

하루는 길동이 공중으로부터 내려와 절하고 말하였다.

"제가 지금은 진짜 길동이옵니다. 형님께서는 아무 염려 마시고 저를 결박하여 서울로 보내십시오."

감사가 이 말을 듣고는 길동의 손을 잡고 눈물을 흘리며 말하였다.

"이 철없는 아이야, 너도 나와 동기인데 아버님과 이 형의 가르침을 듣지 않고 온 나라를 떠들썩하게 하니, 어찌 애달프지 않으랴. 네가 이제라도 진짜 몸이 와서 나보고 잡혀 가기를 자원하니 도리어 기특한 아이로구나."

인형이 급히 길동의 왼쪽 다리를 보니 과연 붉은 점이 있었다. 인형은 즉시 팔다리를 단단히 묶어 죄인 호송용 수레에 태운 뒤, 건장한 장수 수십 명을 뽑아 철통같이 에워싸고 풍우같이 몰아갔다. 그래도 길동의 안색은 조금도 변하지 않았다.

여러 날 만에 마침내 서울에 다다랐다. 대궐 문에 이르러 길동이 한번 몸을 움직이자, 쇠사슬이 끊어지고 수레가 깨어져 마치 매미가 허물을 벗듯 공중으로 올라가며 나는 듯이 구름에 묻혀 가 버렸다.

장수들과 모든 군사가 어이가 없어 다만 공중만 바라보며 넋을

---

* 제수(除授) : 추천을 받지 않고 임금이 바로 벼슬을 줌.

잃을 따름이었다. 어쩔 수 없이 이 사실을 보고 하니, 임금이 듣고 크게 근심하였다.

"천고에 이런 일이 어디 있으랴?"

여러 신하 중 한 사람이 아뢰기를,

"길동의 소원이 병조 판서를 한 번 지낸 뒤 조선을 떠나는 것이라고 하는 바, 한번 소원을 들어주시면 제 스스로 은혜에 보답코자 할 터이니, 그때를 타서 잡는 것이 좋을까 하옵니다."

임금이 옳다 여겨 즉시 길동에게 병조 판서를 제수하고 사대문에 글을 써 붙였다.

그때 길동이 이 말을 듣고 즉시 사모관대*에 서띠*를 띠고 높은 초헌*을 의젓하게 타고 큰길로 버젓이 들어오면서 말하였다.

"이제 홍 판서가 사은*하러 온다."

병조의 하급 관리들이 호위하여 궐내에 들어간 후 여러 관원이 의논하기를,

"길동이 오늘 사은하고 나올 것이니 도끼와 칼을 쓰는 군사를 매복시켰다가 나오거든 일시에 쳐 죽이도록 하자."

하고 약속을 하였다. 길동이 궐내에 들어가 엄숙히 절하고 난 다음,

"소신의 죄악이 지중하온데, 도리어 천은을 입어 평생의 한을 풀

---

* 사모관대(紗帽冠帶) : 옛날 관리가 업무를 볼 때 입던 의복과 모자.
* 서띠 : 일품의 관리가 띠던 띠. 서대.
* 초헌(軺軒) : 종이품 이상의 관원이 타던 외바퀴 수레.
* 사은(謝恩) : 은혜를 감사히 여기어 사례함.

고 돌아갑니다. 전하와 영원히 작별하오니 부디 만수무강하소서."

하고는 몸을 공중에 솟구쳐 구름에 싸여 떠나가니, 그 가는 곳을 알 수가 없었다. 임금이 보고 도리어 감탄하였다.

"길동의 신기한 재주는 고금에 드문 일이로다. 제가 지금 조선을 떠나노라 하였으니 다시는 폐 끼칠 일이 없을 것이요, 비록 수상하기는 하나 일단 대장부다운 통쾌한 마음을 가졌으니 염려 없을 것이로다."

왕은 팔도에 사문*을 내려 길동을 잡는 일을 그만두게 하였다.

한편, 길동은 소굴로 돌아와 부하들에게 명령하였다.

"내가 다녀올 곳이 있으니, 너희들은 아무 데도 출입하지 말고 내가 돌아오기만을 기다리라."

길동이 즉시 몸을 솟구쳐 남경으로 향하여 가다가 한 곳에 다다랐다. 거기는 이른바 율도국②이었다.

사면을 살펴보니 산천이 깨끗하여 인물이 번성하고 편안하게 살 만한 곳이었다. 남경에 들어가 구경한 뒤, 또 '제도'③라 하는 섬에 들어가 두루 다니면서 산천도 구경하고 인심도 살피다가 오봉산에 이르니, 정말로 가장 뛰어난 강산이었다.

둘레가 칠백 리요, 기름진 논이 가득하여 살기에 아주 좋아 보여 마음속으로 생각하였다.

'내 이미 조선을 하직하였으므로 이곳에 와 은거하면서 큰일을

---

* 사문(赦文) : 죄를 특별히 용서한다는 내용의 글.

꾀하리라.'

길동은 가벼운 걸음으로 도둑의 무리가 있는 곳에 돌아와 여러 부하에게 말하였다.

"그대들은 아무 날 양천강 가에 가서 배를 많이 만들어 놓고 몇 월 며칠 서울 한강에서 기다리라. 내 임금께 청해 벼 일천 석을 구해 올 것이니, 약속을 어기지 말라."

한편, 홍 공은 길동이 더 이상 소란을 일으키지 않으므로 신병이 쾌차하고, 임금 또한 근심 없이 지내게 되었다. 당시는 구월 보름 께였는데 임금이 달빛을 받으며 후원을 배회하고 있을 때, 갑자기 한줄기 맑은 바람이 일어나며 공중에서 피리 소리가 맑게 울려 오 는 가운데 한 소년이 내려와 임금 앞에 엎드렸다.

임금은 놀라서 물었다.

"선동*이 어찌 인간 세상에 내려왔으며 무엇을 하려 하느뇨?"

소년은 땅에 엎드려 아뢰었다.

"신은 전임 병조 판서 홍길동이옵니다."

임금이 놀라 물었다.

"네가 어찌 깊은 밤에 왔느냐?"

길동이 대답하였다.

"신이 전하를 받들어 만세를 모실까 하였으나, 제가 천한 종의 몸에서 태어났기 때문에 문으로는 옥당④에, 무로는 선천⑤에 벼

---

* 선동(仙童) : 신선의 시중을 든다는 아이.

슬길이 막혀 있습니다. 이런 까닭으로 사방을 멋대로 떠돌아다니면서 관청에 폐를 끼치고 조정에 죄를 지었던 것이온데, 이는 전하로 하여금 이름을 아시게 하려 함이었습니다. 이제 신의 소원을 풀어 주옵시니 전하를 하직하고 조선을 떠나가옵니다. 엎드려 바라건대 전하께서는 만수무강하소서."

말을 마친 길동이 공중으로 올라가 나는 듯이 가거늘 임금이 그 재주를 못내 칭찬하였다. 그후로는 길동의 폐단이 없으니 사방이 태평하였다.

제도에서 새로운 생활을 하다

길동이 조선을 하직하고 남경 땅 '제도'라는 섬으로 들어가 수천 호의 집을 짓고 농업에 힘쓰는 한편, 무기 창고를 지으며 군법을 연습하니 병사는 잘 훈련되고 양식은 풍족하게 되었다.

하루는 길동이 화살촉에 바를 약을 구하러 망당산*으로 가다가 낙천 땅에 이르렀다. 그곳에는 '백룡'이라는 부자가 살고 있었다. 그는 일찍 딸 하나를 두었는데, 재질이 뛰어나 아주 애지중지 키웠다. 어느 날 광풍이 크게 불면서 그 딸이 없어졌다. 그러자 백룡 부

---

* 망당산 : 중국 강소성 당산현에 있는 망당산을 일컫는 듯하다.

부는 슬퍼하며 많은 돈을 들여 사방으로 찾았으나 종적이 없었다. 부부는 슬픔에 젖어 말하였다.

"누구라도 내 딸을 찾아 주면 재산의 반을 주고 사위를 삼으리라."

길동은 이 말을 듣고 마음에 측은하였으나 하릴없어* 망당산에 가서 약초를 캐며 들어가다가 날이 저물어 주저하고 있을 때, 갑자기 사람 소리가 나며 등불이 밝게 비쳤다. 그곳을 찾아가니 사람이 아닌 미물*이 앉아 지껄이고 있었다. 원래 이 짐승은 '울동'* 이라는 짐승으로, 여러 해를 묵어 그 변화가 무궁하였다. 길동이 몸을 감추고 활로 쏘니 그중 우두머리가 맞았다. 그러자 모두 소리를 지르며 달아나 버렸다. 길동이 나무에 의지하여 밤을 지새고 두루 다니면서 약을 캐고 있는데, 갑자기 괴물 몇이서 길동을 보고 물었다.

"그대는 무슨 일로 이 깊은 곳에 이르렀소?"

길동이 대답하였다.

"내가 의술을 아는 고로 이 산에 들어와 약을 캐는 중인데, 그대들을 만나 다행이오."

요괴*가 기뻐하며 말하였다.

"나는 이곳에 산 지 오래더니, 우리 왕이 부인을 새로 정하고 어

---

* 하릴없어 : 어떻게 할 도리가 없어.
* 미물(微物) : 보잘것없고 작은 물건.
* 울동 : 짐승의 이름이나 자세히는 알 수 없다. 상상의 동물일 수도 있다.
* 요괴(妖怪) : 요망한 마귀.

젯밤에 잔치를 하다가 하늘에서 내린 살*을 맞아 위중한지라,
그대가 명의라 하니 선약*으로 왕의 병만 고치면 후한 상을 받
으리라."

길동이,

'이놈이 어젯밤에 상한 놈이로다.'

하고 생각하며 허락하였다. 요괴가 길동을 인도하여 문에 세우고
들어가 이윽고 청하기에 길동이 들어가 보니 그림으로 장식한 집
이 넓고도 아름다운데, 그 가운데 흉악한 것이 누워 신음하다가 길
동을 보자 몸을 움직이면서 말하였다.

"내가 우연히 천살*을 맞아 위독한데 시중드는 사람 말을 듣고
그대를 청하였으니, 이는 하늘이 나를 살린 것이라. 그대는 재주
를 아끼지 말라."

길동이 감사의 뜻을 표하고 말하였다.

"먼저 몸의 내부를 치료할 약을 쓰고, 다음으로 외부를 치료할
약을 쓰는 것이 좋을까 하노라."

괴물이 응낙하자, 길동이 약 주머니에서 독약을 내어 급히 따뜻
한 물에 타서 먹였다. 조금 있다가 괴물이 큰 소리를 지르고 죽어
버렸다. 모든 요괴가 일시에 달려들었다. 길동은 신통술을 부려 모
든 요괴를 후려치는데, 갑자기 어린 여자 두 명이 애걸하였다.

* 살(煞) : 사람이나 물건 등을 해치는 독하고 모진 기운. 곧 악귀의 짓.
* 선약(仙藥) : 효험이 썩 좋은 약.
* 천살(天煞) : 하늘이 내린 살.

"저희는 요괴가 아니라 인간 세계 사람인데 여기에 잡혀 온 것이니 목숨을 살려 주시어 세상으로 나가게 해 주십시오."

길동은 백룡의 일을 생각하고 거주지를 물어본즉 하나는 백룡의 딸이요, 하나는 조철의 딸이었다.

길동이 요괴를 깨끗이 없애 버리고 두 여자를 구출하여 각각 제 부모에게 데려다 주니, 그 부모들이 크게 기뻐하면서 그날로 홍길동을 맞아 사위를 삼았다. 첫째 부인이 백 소저*요, 둘째 부인이 조 소저였다. 길동이 하루아침에 두 아내를 얻은 후 두 집 가족을 거느리고 제도로 가자 모든 사람이 반기며 치하하였다.

하루는 천문*을 보다가 놀라 눈물을 흘리기에 사람들이 물었다.

"무슨 까닭으로 그리 슬퍼하십니까?"

길동이 탄식하면서 말하였다.

"내가 부모의 안부를 하늘의 별을 보고 짐작하였는데 지금 하늘을 보니 부친의 병세가 위중하신 것 같다. 그러나 나의 몸이 먼 곳에 있어 거기에 이르지 못할까 하노라."

이 말을 듣고 모든 사람이 슬퍼하였다. 이튿날 길동은 월봉산에 들어가 훌륭한 묘터를 하나를 보아 두고, 일을 시작하여 석물*을 국릉*과 같이 하였다. 그러고는 한 척의 큰 배를 준비하여 부하들

---

* 소저(小姐) : 한문 투로 아가씨를 이르는 말.
* 천문(天文) : 천체의 운행에 따라 역법을 연구하거나 길흉을 예언하는 일.
* 석물(石物) : 무덤 앞에 돌로 만들어 놓은 물건.
* 국릉(國㥄) : 임금이나 왕후의 무덤.

에게 조선국 서강* 강변으로 몰고 가서 기다리라 하였다. 자신은 즉시 머리를 깎고 중의 모습을 갖춘 뒤 작은 배 한 척을 타고 조선을 향하였다.

이 무렵 홍 판서는 홀연히 병을 얻어 위중해지자, 부인과 인형을 불러 말하였다.

"내가 죽어도 다른 한은 없으나, 길동의 생사를 알지 못하는 것이 한스럽구나. 길동이 살아 있으면 찾아올 것이니, 적서*를 구분하지 말고 제 어미를 잘 대접하여라."

말을 마친 뒤 숨이 끊어졌다. 온 집안이 슬픔에 잠겨 장사를 치르고자 하나, 묘터를 구하지 못하여 난처하였다.

하루는 문지기가

"어떤 중이 와서 영위*에 조문하려 합니다."

하여 이상하게 여겨 들어오라 하였더니, 그 중이 들어와 목을 놓아 크게 울었다. 모든 사람이 곡절을 몰라 서로 얼굴만 돌아보았다. 그 중이 상주에게 한번 통곡한 뒤 말하였다.

"형님께서 어찌 아우를 몰라보십니까?"

상주가 자세히 보니 곧 길동이라. 붙잡고 통곡하였다.

"아우냐, 그사이 어디 갔더냐? 아버지께서 평소에 유언이 간절하셨는데, 이제 오니 어찌 자식의 도리이겠는가?"

---

* 서강(西江) : 한강의 한 줄기 이름. 마포강.
* 적서(嫡庶) : 적자와 서자.
* 영위(靈位) : 상가에서 모시는 혼백이나 신위.

하며 손을 이끌고 내당에 들어가 모부인 유씨를 뵈옵고 생모인 춘섬을 상면케 하였다. 한바탕 통곡한 뒤 물었다.

"네가 어찌 중이 되어 다니느냐?"

길동이 대답하였다.

"소자가 조선을 떠나 머리 깎고 중이 되어 지술*을 배웠지요. 이제 아버님을 위하여 좋은 무덤 자리를 보아 두었으니 어머님께서는 염려 마십시오."

인형은 크게 기뻐하면서 말하였다.

"너의 재주가 기이한지라 좋은 터를 구했다면 무슨 염려가 있으랴."

다음날 길동이 운구*하여 제 도친을 모시고 서강 강변에 이르자 준비해 놓은 배가 기다리고 있었다. 배에 올라 화살같이 빨리 저어 한 곳에 다다르니, 많은 사람이 수십 척의 배를 대기 시켜 놓고 있었다. 서로 반기며 호위하여 가니 그 광경이 대단하였다.

어느덧 산 위에 다다라 인형이 자세히 본즉 산세가 웅장한지라 길동의 지식을 못내 탄복하였다. 산역*을 마치고 함께 길동의 처소로 돌아오니, 백씨와 조씨가 시어머니와 시아주버니를 맞아 인사를 드렸다. 인형과 춘섬은 못내 길동이 장성하였음을 칭찬하였다.

여러 날이 되자, 인형은 길동과 춘섬을 이별하면서 산소를 극진히 보살펴 달라고 당부한 후 산소에 하직하고 출발하였다. 본국에

---

* 지술(地術) : 집터나 묏자리를 알아내는 풍수지리설.
* 운구(運柩) : 시체를 넣은 관을 운반함.
* 산역(山役) : 산에서 묘를 만드는 일.

이르러 모부인을 뵈옵고 전후 사실을 말씀드리니, 부인이 신기하
게 여겼다.

율도국이 태평성대를 누리다

길동이 제사를 극진히 받들어 삼년상을 마치고 나서는 사람들을 모아 무예를 익히며 농업에 힘쓰게 하였다. 병사는 잘 조련되고 양식도 풍족하였다.

남쪽에 율도국이라는 나라가 있어 기름진 평야가 수천 리나 되어 실로 살기 좋은 나라라, 길동이 항상 마음속으로 생각해 오던 곳이었다. 모든 사람을 불러,

"내가 율도국을 치고자 하니 그대들은 최선을 다하라."

하고 그날로 군사를 일으켰다. 길동은 스스로 선봉장이 되고 마숙으로 후군장을 삼아, 잘 훈련된 병사 오만을 거느리고 율도국 철봉

산에 다다라 싸움을 걸었다.

　율도국 태수 김현충이 난데없는 군사가 나타남을 보고 크게 놀라 왕에게 보고하는 한편, 군사 한 부대를 거느리고 내달아 싸웠다. 길동이 이를 맞아 싸워 한 번의 접전에 김현충을 죽이고 철봉을 얻어 백성을 달래어 위로하였다. 정철로 철봉을 지키게 하고 대군을 지휘하여 움직여 바로 도성을 치는데, 격서*를 율도국에 보냈으니 그 내용은 이러하였다.

　　의병장 홍길동은 글을 율도국 왕에게 보낸다. 무릇 임금은 한 사람의 임금이 아니요, 천하 사람의 임금이라. 내가 하늘의 명을 받아 병사를 일으켜 먼저 철봉을 격파하고 물밀듯 들어오고 있으니, 왕은 싸우고자 하거든 싸우고, 그렇지 않으면 일찍 항복하여 살기를 도모하라.

율도국 왕이 다 보고 나서 소리쳐 말하였다.
"우리 나라가 철봉을 굳게 믿거늘 이제 잃었으니 어찌 대항하랴."
왕이 모든 신하를 거느리고 항복하였다.

　길동이 성중에 들어가 백성을 달래어 안심시키고 왕위에 오른 후, 전의 율도왕을 의령군으로 봉하였다. 마숙과 최철로 각각 좌의정과 우의정을 삼고 나머지 여러 장수에게도 각각 벼슬을 내리니,

---

* 격서(檄書) : 사람을 부추기기 위해서 써 내는 글.

조정의 모든 벼슬아치들이 만세를 불러 하례하였다.

왕이 되어 나라를 다스린 지 삼 년에 산에는 도적이 없고 길에서는 떨어진 물건을 주워 가지지 않으니, 태평 세계라고 할 만하였다. 왕이 백룡을 불러 당부하였다.

"내가 조선 성상께 표문*을 올리려 하니 경은 수고를 아끼지 말라."

길동은 표문과 편지를 홍씨 집안으로 부쳤다. 백룡이 조선에 도착하여 먼저 표문을 올리니, 임금이 표문을 보고 크게 칭찬하였다.

"홍길동은 진실로 기이한 인재로다."

왕은 홍인형을 위로 사신을 삼아 유서*를 내렸다. 인형이 임금의 은혜에 감사한 후 돌아와 모부인에게 임금과 이야기한 바를 말씀드리니, 부인 또한 가려 하였다. 인형이 마지못해 부인을 모시고 출발하여 여러 날 만에 율도국에 이르렀다. 왕이 맞이하여 큰 잔치를 베풀고 유서를 받은 후 모부인과 인형을 환대하였다. 산소를 찾아 본 뒤 큰 잔치를 베풀어 즐겼다. 여러 날이 지나 모부인 유씨가 홀연 병을 얻어 세상을 떠나니 왕은 아버님 곁에 나란히 모셨다. 인형이 왕을 하직하고 본국에 들어와 임금께 보고하자 임금이 그가 모친상을 당한 것을 위로하였다.

율도국 왕이 삼년상을 마치자마자 이번에는 그의 어머니인 대비도 이 세상을 떠나 선능에 안장하고 삼년상을 마쳤다. 왕이 세 아

* 표문(表文) : 임금에게 표로 올리던 글.
* 유서(諭書) : 간곡히 타이르는 글.

들과 두 딸을 낳으니 큰아들과 둘째 아들은 백씨 소생이고, 셋째 아들과 둘째 딸은 조씨 소생이었다. 큰아들 현으로 세자를 봉하고 그 나머지는 다 군으로 봉하였다. 왕이 나라를 다스린 지 삼십 년 만에 갑자기 병이 들어 별세하니 나이 칠십이 세였다. 곧이어 왕비도 세상을 떠나 선능에 안장한 후, 세자가 즉위하여 대대로 이으면서 태평스럽게 살아갔다.

ꙹꙩꙨ 미주(尾註)

용꿈을 꾸고 길동을 얻다

① 아무개

원문에는 '뫼라'로 되어 있다. '모(某)ㅣ라'는 '아무라'로, '모(某)'
는 숫자나 이름 등을 굳이 밝힐 필요가 없을 때 편의상 쓰는 말이다.

부형을 부형이라 부르지 못하고 천대받다

① 길산(吉山)

조선 숙종 때 해서(海西) 지방의 구월산(九月山)을 중심으로 활동한
도둑의 우두머리 장길산을 말한다. 본디 광대 출신으로 처음에는
황해도 일대에서 활약하다 평안남도 등으로 이동하여 세력을 키웠
으며, 관군을 피해 함경도 서수라(西水羅) 등지로 달아났다. 북쪽에
서 인삼을 가져다가 군자금으로 사용하는 등 상업 활동을 한 점이
특이하다. 한편 서울의 서얼 출신 이영창(李榮昌), 승려 운부(雲孚)
와 손을 잡고 승려 세력과 함께 거사를 도모하려 했다. 장길산 사건
은 십칠 세기 이후 어려워진 사회 조건 속에서 하류 계층에 속했던
서얼, 승려, 농민 등이 힘을 합하여 새로운 왕조를 세우고자 한 모
반 사건의 하나였다. 이익(李瀷)은 조선의 삼 대 도둑으로 홍길동
(洪吉童), 임꺽정(林巨正), 그리고 장길산을 들었다.

자객의 칼날을 둔갑법으로 피하다

① 육도삼략(六韜三略)

중국의 병법서 『육도(六韜)』와 『삼략(三略)』을 말한다. 『육도』는 태공망(太公望) 여상(呂尙)이, 『삼략』은 황석공(黃石公)이 쓴 것이라고 전해지는데 한데 아울러서 도략서(韜略書)라고 한다. 중국 옛 병법의 교과서로 널리 읽혔다.

② 『주역(周易)』

『서경(書經)』, 『시경(詩經)』, 『예기(禮記)』, 『춘추(春秋)』와 더불어 유교의 기본 경전인 오경(五經)의 하나. 본래의 명칭은 역(易) 또는 주역이었는데, 점서(占書)였던 것이 유교의 경전이 되면서 역경이 되었다. 『주역』은 동양의 유가사상에 많은 영향을 끼쳤으며, 운명을 점치는 복서의 원전으로 정착되었다.

③ 팔괘(八卦)

여덟 가지의 괘. 『주역』의 「산목(算木)」에 그려진 여덟 가지의 점상(占象)인 건(乾), 태(兌), 이(離), 진(震), 손(巽), 감(坎), 간(艮), 곤(坤)이다. 『사기(史記)』의 「삼황기(三皇紀)」에 의하면 팔괘는 중국 최초의 제왕 복희(伏羲)가 천문지리를 관찰해서 만들었다고 한다.

④ 사경(四更)

하룻밤을 다섯 시각으로 나눈 것 가운데 하나. 고대 중국의 시각 제도로서 우리 나라와 일본에서도 쓰였다. '경(更)'이라는 것은 야경(夜警)을 하는 사람이 교대하는 것을 뜻한다. 다섯 시각은 초경(初

更), 이경(二更), 삼경(三更), 사경(四更), 오경(五更)이다. 초경은 저녁 일곱시부터 아홉시까지, 이경은 밤 아홉시부터 열한시까지, 삼경은 밤 열한시부터 다음날 새벽 한시까지, 사경은 새벽 한시부터 세시까지, 오경은 새벽 세시부터 다섯시까지다.

스스로 활빈당이라 이름 짓다

① 흰 말을 잡아 맹서하면서

옛날에 중대한 맹서를 할 때 흰 말을 잡아 그 피를 입술에 바르는 의식을 행한 데에서 유래했으며, 맹서는 맹세의 원말이다.

여덟 명의 길동이 잡히다

① 치우(蚩尤)

동이족(東夷族)의 '전쟁의 신'으로 일컬어지는 전설적 인물. 『환단고기(桓檀古記)』에 의하면 배달국 십사대 임금으로 즉위했다. 여든한 명의 형제가 있었으며, 모두 매우 모질고 사나웠다고 한다.

② 삼정승(三政丞)

조선 시대 때 의정부(議政府)에서 국가 주요 정책을 결정하는 일을 맡아 보던 세 벼슬로서 영의정, 좌의정, 우의정을 이른다. 영의정은 국정을 총괄하던 의정부의 최고 관직이며, 좌의정은 의정부에 소속

된 정일품의 관직으로 우의정을 지낸 원로 대신이 임명되어 국왕을 보좌하고 백관을 통솔하는 기능을 가졌다. 우의정은 역시 의정부에 소속된 정일품의 관직이다.

③ 육판서(六判書)

국가의 정무(政務)를 나누어 맡아 보던 여섯 관부(官府), 즉 이조(吏曹)·호조(戶曹)·예조(禮曹)·병조(兵曹)·형조(刑曹)·공조(工曹)의 으뜸 벼슬. 또는 그 벼슬에 있는 사람을 말한다. 이조는 문관 벼슬아치들의 임명·선발 및 조동·벼슬아치들의 능력 평가 등에 관한 일을, 호조는 나라 안의 인구와 토지를 장악하며 각종 조세·공납과 재정에 관한 일을, 예조는 국가의 의례에 대한 일과 외교·사신 접대 등 대외 관계의 일 그리고 학교·과거 등에 관한 일을 맡았다. 그리고 병조는 군사에 관한 일과 무관 벼슬아치들의 선발 배치·궁궐문의 수비·우역·봉수·무기 및 군수 기재 등에 관한 일을, 형조는 통치 질서의 유지를 위한 각종 법률과 형벌을 맡으며 소송 사건과 노비들에 관한 일을, 공조는 나라 안의 산림·하천·호수와 각종 토목 공사와 수공업에 관한 일을 맡았다.

④ 오륜(五倫)

사람으로서 지켜야 할 다섯 가지의 도리. 곧 군신유의(君臣有義), 부자유친(父子有親), 부부유별(夫婦有別), 장유유서(長幼有序), 붕우유신(朋友有信)이다. 오상(五常) 또는 오전(五典)이라고도 한다.

병조 판서를 제수받고 조선을 떠나다

① 사대문(四大門)

조선 시대에 서울에 둔 네 대문. 곧 동의 흥인지문(興仁之門), 서의 돈의문(敦義門), 남의 숭례문(崇禮門), 북의 숙정문(肅靖門)이다.

② 율도국(硉島國)

유토피아로 설정된 가상의 섬. 중국의 남쪽 혹은 일본의 이키섬쯤으로 추측해 왔을 뿐이다. 조선에서 온 사람이 섬을 정벌했다는 류큐국〔琉球國〕의 전설이 남아 있는데, 근래에는 이 율도국이 유류큐국, 곧 오키나와의 남쪽에 있는 한 섬이라는 주장이 제기되고 있다.

③ 제도

가상의 지명인 듯하다.

④ 옥당(玉堂)

홍문관과 예문관의 벼슬. 홍문관은 궁중의 경서(經書) · 사적(史籍)의 관리와 문한(文翰)의 처리 및 왕의 각종 자문에 응하는 일을 맡은 관부이며, 예문관은 임금의 칙령(勅令)과 교명(敎命)을 기록하던 관부이다.

⑤ 선천(宣薦)

선전관천의 준말. 조선 시대의 제도에 무과에 급재한 사람이 무관이 되려면 천을 넘어야 하는데, 천을 넘는 데는 두 가지 방법이 있었다. 하나는 선전관이 되는 천인 선천이고, 다른 하나는 부장이 되는 천인 부천이다. 여기서는 앞의 것을 말한다.

이상향을 꿈꾼 의적 홍길동

다양한 특징과 성격을 지닌 「홍길동전」

「홍길동전」은 우리 나라 최초의 한글 소설로 알려져 있지만 원전이 전해지지 않는 데다 택당 이식(1584~1647)의 기록에서도 허균이 「홍길동전」을 지을 당시의 표기 문자가 한글이었는지 한문이었는지 또렷하게 말하고 있지 않아서, 이에 대해서는 학자 간에 의견이 대립되고 있다. 현재 전하는 국문본에 허균 이후의 인물인 장길산이 나오는 것을 보면, 원래는 한문으로 지었던 것을 후대에 한글로 번역 개작한 것이라는 주장도 강하게 제기되고 있다.

「홍길동전」은 봉건 사회가 안고 있는 적서 차별의 제도적 모순과 사회적 비리를 고발하면서 당대 서민들의 집단적 소망을 담은 이상적 사회상을 제시하고 있다. 곧 부당한 권력에 의해 생계를 위협 받는 세상, 개인의 능력과는 무관하게 출신 성분에 의해 운명이 결정되는 세상이 아닌 자신의 소양을 갈고 닦아 자아를 실현할 수 있는 세상, 일한 만큼 넉넉하게 먹고 입을 수 있는 세상을 그리고 있다.

그리고 한글 표기로 인해 부녀자, 평민들을 독자층으로 끌어들임으로써 문학의 저변 확대를 가져왔으며 당시 사회 제도에 대한 백성들의 저항을 주제화했다. 홍길동은 탐관오리들이 불의로 모은 재산을 탈취하여 헐벗고 굶주리는 백성들을 구제하면서 사회의 병리 현상을 치유하기 위한 노력을 다하는데, 이는 당시 대두되기 시작한 구세제민사상을 반영한 것이다.

이 작품은 도적을 주인공으로 한 영웅 소설, 양반 가정의 모순을 척결하고 서얼 차별의 불합리에 항거한 사회 소설, 이상향을 그리는 낙원사상의 소설, 도교적인 둔갑법·축지법·분신법·승운법 등을 담은 도술 소설 등의 다양한 속성을 지니고 있다. 그러나 기본적인 성격은 사회 소설이고 다른 속성은 보조적인 구실을 한다고 보는 것이 좋겠다.

「홍길동전」은 신화적 전통을 이어받아 이루어진 첫 작품으로 인정되고 있다. 주몽이나 탈해 등 영웅의 일생을 다룬 신화와 「홍길동전」은 다음과 같은 일치된 구조를 갖고 있는데, 이러한 구조는 한국 서사양식의 기본 골격을 이룬다.

① 고귀한 혈통을 지닌 인물 : 홍 판서의 아들

② 비정상적 잉태 혹은 출생 : 시비 춘섬을 어머니로 해서 서자로 태
　　　　　　　　　　　　　　　　어남

③ 범인과 다른 탁월한 능력 : 총명이 과인하고 도술에 능함

④ 어려서 기아가 되어 죽을 고비에 이름 : 자객을 시켜 죽이려 함

⑤ 구출, 양육자를 만나서 죽을 고비에서 벗어남 : 자객을 죽이고 살
　　　　　　　　　　　　　　　　아남

⑥ 자라서 다시 위기에 부딪힘 : 나라에서 길동을 잡아들이려 함

⑦ 위기를 투쟁으로 극복해 승리자가 됨 : 포도대장을 물리치고 병
　　　　　　　　　　　　　　　　조 판서를 제수 받음

　　　　　　　　　　　　　　　　요괴를 물리치고 소저와 결혼함

　　　　　　　　　　　　　　　　율도국의 왕을 물리치고 왕이 됨

　이와 같이 영웅의 일대기가 이 작품의 기본 바탕이 되며, 지하국 대
적 퇴치 이야기와 같은 설화의 흔적도 보이고 중국 「수호지」의 영향을
받은 측면도 있다. 주인공 홍길동은 실재했던 인물로 당시 아주 유명
한 도적이었지만, 소설에서처럼 서자라는 사실은 보이지 않는다.

　즉 실존 인물 홍길동은 1600년(연산군 6년)에서 1601년(연산군 7년)
초까지 가평·홍천을 중심으로 활약한 명화적인 홍길동과, 명조 대에
출몰한 양주 백정 임꺽정, 1596년(선조 29년) 7월 임진왜란 와중에 충
청도 홍산을 중심으로 거사한 종실의 서얼 이몽학의 난 등을 소재로

한 것이라 볼 수 있다.

「홍길동전」은 허균이 지은 것으로 알려져 있다. 이렇게 알려진 까닭은 이식의 문집에 "허균이 홍길동을 지어 (중국의) 「수호지」와 견주었다."고 씌어 있기 때문이다. 이 기록을 근거로 1933년 김태준은 『조선소설사』를 통해 허균을 「홍길동전」의 작가로 전하고 있다. 이식의 기록을 뒤엎을 만한 결정적인 증거가 없는 이상 허균을 「홍길동전」의 작가로 보아야 할 것이다.

천재적인 재능을 지녔지만 불행했던 허균

허균(1569~1618)은 조선 중기의 문신으로 본관은 양천이며, 자는 단보, 호는 교산·학산·성소·백월거사이다.

허균은 1569년 경상 감사를 지냈으며 서경덕의 수제자이기도 했던 허엽의 3남 2녀 중 막내로 태어났다. 두 형 허성과 허봉이 모두 당시 최고의 문장가로 꼽혔고, 바로 위의 누나 허난설헌은 천재 여류 시인으로 널리 알려져 있다. 형제가 모두 탁월한 문장가로 이름이 높았으니 어릴 때부터 그런 형제와 함께 공부하며 자란 허균이 문학적 재능을 보인 것은 우연이 결코 아니다.

허균은 다섯 살 때부터 유성룡에게 글을 배우기 시작했고, 아홉 살 때는 누이 허난설헌과 같이 이달에게서 시를 배웠다. 이달은 둘째 형의 친구로서 허균에게 시의 묘체를 깨닫게 해 주었으며, 그의 풍유와 자유로운 생각과 신분 사회에 대한 고민은 자연스럽게 허균의 인생관과 문학관에 커다란 영향을 주었다.

허균은 스물한 살에 생원 시험에 합격하고 스물여섯 살에 문과에 합격했으며, 스물아홉 살에 문과 중시(이미 과거에 합격하여 벼슬에 있는 사람들을 대상으로 10년에 한 번씩 본 시험)에서 장원을 했다.

그리고 이듬해에 황해도 도사가 되었는데, 서울의 기생을 끌어들여 가까이했다는 탄핵을 받고 여섯 달 만에 파직되었다. 뒤에 춘추관 기주관과 형조 정랑을 지내고, 1602년 사예 · 사복시 정을 거쳐 전적 · 수안 군수를 지냈다. 1606년 중국에서 이름을 떨치던, 대문호이면서 사신의 일행으로 우리 나라에 온 주지번을 상대로 글 솜씨를 발휘하여 그를 감탄케 하기도 했다.

이처럼 천재적인 재능을 지닌 허균이지만 생애는 그리 순탄하지 못했다. 형은 당쟁에 휘말려 먼 곳으로 귀양을 가고 가장 사랑하던 누나 난설헌은 불행한 결혼 생활을 하다 스물일곱 살에 세상을 떠났다. 원래 자유 분방한 기질이 있는 데다가 가정의 불행이 겹친 탓이었는지 그는 벼슬에 있으면서 기생과 사귀고 당시 배척당하던 불교를 가까이하여 예불을 드리는 파격적인 행동을 하곤 했다. 그 때문에 벼슬에 오래 머물지 못하고 파면되기를 되풀이하였다.

광해군 5년에 '7인 서자 사건'이 일어났다. 선조 말기에 서자에게도 출세의 길을 열어 달라고 상소를 올렸다가 거절당한 서양갑, 심우영, 박응서 등 일곱 명의 서자가 춘천 여강에 굴을 만들고 그 속에서 병법을 익히고 군자금을 모으는 등 디사를 일으키기 위해 비밀리에 준비하던 중 광해군 5년에 박응서가 문경새재에서 잡히는 바람에 사건이 드러났다.

허균은 일찍부터 이들과 한 패가 되어 뒤에서 조종하고 격려했다. 이들을 통해 자신의 희망인 사회 개혁을 이루어 보려 한 것이다. 그러나 사건이 발각되자 위험을 느껴 재빨리 권력자 편으로 돌아서서 위험을 피하고, 뛰어난 문장력을 발휘하여 임금의 신임을 얻어 몇 차례 중국을 다녀오기도 했으며, 벼슬도 높아져 형조 판서와 좌찬성을 지냈다. 그러나 허균은 올바르지 못한 권력의 편에 서서 오래 안주할 수 있는 성품이 아니었다. 그는 모처럼 확보한 탄탄한 지위를 토대로 개혁을 위한 준비를 하다가 일이 발각되어 1618년(광해군 10년) 8월 24일 반역죄로 사형당하고 재산은 모두 몰수당했다.

허균은 생존 시에는 문장과 식견을 갖춘 인물이라는 칭찬을 받기도 했지만, 사람됨이 경박하고 인륜과 도덕을 어지럽히는 반역과 이단의 표본으로 부정적인 평가를 받기도 했다. 그의 사상은 「관론」·「정론」·「병론」·「유재론」 등에서 잘 드러나며, 여기서 민본사상과 국방 정책·신분 계급의 타파 및 인재 등용과 붕당 배척의 이론을 전개하고 있다. 내정 개혁을 주장한 그의 이론은 원시 유교사상에 바탕을 둔 것으로 백성들의 복리 증진을 정치의 최종 목표로 삼는 것이라 할 수 있다.

허균은 임진왜란 후의 사회적 혼란상과 양반 토호들의 가렴주구라는 정치적 부패상을 바로 보고 있었던 인물이었기 때문에, 당시의 부조리한 사회 제도의 모순을 고발하고 사회에 대한 근본적인 개혁 의지를 반영하고자 이 작품을 썼다고 볼 수 있다. 또한 당시에 유입된 중국 소설 「수호지」 역시 「홍길동전」을 낳게 한 간접적 요인이다.

허균은 「홍길동전」 외에도 「남궁 선생전」, 「엄처사전」, 「손곡산인전」, 「장산인전」, 「장생전」 등의 많은 작품을 남기고 있다. 한편 허균은 시로서도 유명한데, 그가 스물다섯 살 때 쓴 시 평론집 「학산초담」과 「성수시화」는 그의 시 비평 안목을 보여 주는 좋은 자료가 된다. 반대파도 인정한 그의 시에 대한 감식안은 시선집 「국조시산」을 통해 오늘날까지 높게 평가받고 있다.

작가의 혁명가적 사상이 담긴 「홍길동전」

홍길동은 조선 세종 때 서울에 사는 홍 판서의 시비 춘섬의 소생인 서자다. 홍 판서가 길몽인 용꿈을 꾸어 본부인을 가까이하려 했으나, 응하지 않으므로 춘섬과 관계를 하여 길동을 낳았다. 길동은 어려서부터 도술을 익히고 장차 훌륭하게 될 기상을 보였지만, 천생인 탓으로 아버지를 아버지라 부르지 못하고 형을 형이라 부르지 못하는 한을 품는다. 가족들은 길동의 비범한 재주가 장래에 화근이 될까 두려워한 나머지 자객을 시켜 길동을 없애려 하나, 길동은 위기에서 벗어나 집을 나와서 방랑의 길을 떠난다. 그러다가 도적의 소굴에 들어가 힘을 겨루어 두목이 된다. 먼저 기이한 계책으로 해인사의 보물을 탈취하고 활빈당이라 자처하며, 기계와 도술로써 팔도 지방 수령들의 재물을 탈취하여 빈민에게 나누어 주고 백성의 재물은 추호도 다치지 않는다. 길동은 함경도 감영의 불의의 재물을 탈취하면서 '아무 날 전곡을 도적한 자는 활빈당 행수 홍길동'이라는 방을 붙여 둔다. 함경 감사가 도적을 잡는 데 실패하자 조정에 장계를 올려 좌우포청으로 하여금 홍길동이라는 대적을 잡으라고 한다. 팔도가 다 같이 장계를 올리는데 도적의 이름이 홍길동이요, 도적당한 날짜가 한날한시였다. 국왕이 길동을 잡으라는 체포 명령을 전국에 내렸으나 길동의 도술을 당해 낼 수 없어서 홍 판서를 회유하고, 길동의 형 인형도 가세하여 길동의 소원을 들어주기로 하고 병조 판서를 제수한 후 회유하기로 한다. 길동은 마침내 서울에 올라와 병조 판서가 된다. 그 뒤 길동은 고국을 떠나 남경으로 가다가 산수가 수려한 율도국을 발견하고, 요괴를 퇴치하여 볼모로 잡혔던 미녀를 구한 다음 율도국 왕이 된다. 마침 아버지의 부음을 듣고 고국으로 돌아와 운구하여 삼년상을 치르며, 율도국을 잘 다스린다.

이 작품을 통해 우리는 조선 시대를 살아갔던 그 당시 사람들의 삶의 고뇌와 아픔이 무엇이었는지 그리고 그것을 어떻게 해결해 보려 했는지를 잘 알 수 있다. 곧 적서 차별의 타파와 인간의 평등사상, 탐관오리의 규탄과 빈민구제사상 그리고 해외 진출과 이상국 건설 등이 잘 그려지고 있는 것이다. 작가가 처음부터 사회 문제를 대담하게 제기하고, 실현 불가능한 서자들의 꿈을 표현했다는 점은 그의 혁명가적인 사상을 잘 나타내며 인권사상을 고취한 것으로 당시로서는 획기

적인 일이라 할 수 있다.

「홍길동전」의 복잡한 이본 체계

현재 허균이 지은 「홍길동전」의 모본은 아직 발견되지 않고 있으며, 세부적인 내용과 표현에서 조금씩 다른 후대의 이본은 많이 전해 오고 있다. 현전 자료가 원작 그대로가 아니라 후대의 개작에 의해 이루어진 이본이라는 사실은 몇 가지 증거에 의하여 확인되는데, 그중 가장 뚜렷한 증거는 작품의 처음에 나오는 장길산에 대한 언급에서 찾을 수 있다.

작품 초두에 길동이 어머니에게 장길산을 본받아 영웅이 되겠다고 말하는 대목이 있다. 「홍길동전」의 창작 연대를 정확하게는 알 수 없지만 허균이 처형된 1618년 이하로 내려오지는 않는다. 그런데 문제의 장길산은 17세기 말에 실재했던 역사상의 인물이다. 허균이 죽은 뒤에 나타난 인물이 허균이 지은 소설에 나타날 수 없으니 오늘날 전하는 자료는 원작 그대로가 아님이 확실하다. 따라서 오늘날 전하는 자료는 후대에 누군가의 손에 의해 개작된 작품이다. 하지만 개작에 의한 변모도 작품의 기본 성격까지 손상시키지는 않았으리라고 보아 차선의 자료로 인정해도 좋다.

자료 형태로는 판각본, 필사본, 활자본이 다 있다. 판각본에는 경판본으로 한남서림본(24장)·야동본(29장)·어청교본(23장)·송동본(20장) 등이 있고, 안성판본으로 23장본과 19장본이 있으며, 완판본으로

36장본이 있다. 필사본도 여럿 발견되었는데, 이를테면 김동욱 교수 소장본(89장) · 이가원 교수 소장본(21장) · 박순호 교수 소장본(86장본. 52장본) · 서강대 도서관의 한문본(30장) 등이 그것이다. 활자본에는 한남서림 등 여러 출판사에서 간행된 것이 많이 남아 있다.

그러나 「홍길동전」의 이본 체계는 매우 복잡하여 개별 이본 상호간의 관계는 물론 이본의 계통에 대해서조차 학계의 여러 의견이 일치하지 않지만, 다음과 같이 나누어 볼 수 있다.

경판 계열 : 경판본 모두, 안성판본 모두, 필사 21장본
완판 계열 : 완판본, 필사 52장본
필사본 계열 : 한문본, 필사 89장본, 필사 86장본

이 책에서 텍스트로 한 경판 24장본은 한남서림에서 간행된 것이어서 흔히들 '한남본'이라고 약칭한다. 이 판본은 1970년대 초, 모든 판각본 중 가장 오래된 이본이어서 원본에 가장 가깝고 오자와 탈자도 적은 최선본이라는 보고가 이루어진 이래, 연구 자료로 가장 많이 활용되어 온 이본이다. 하지만 1980년대 후반부터는 선후 문제에 의문이 제기되면서 최고본이 아니라는 반론을 포함해 여러 가지 견해가 나와서 아직 객관적으로 단정 짓기 어려운 실정이다.

경판본 소설은 일반적으로 그 내용이 간결 소박하고 서술이 잘 다듬어져 있는 편인데, 「홍길동전」 경판 27장본의 경우 역시 그렇다. 또 이

이본은 오자와 탈자 같은 것이 가장 적은 세련된 자료이다. 흥미로운 사실은 경판본은 신분제에 기인한 적서 차별이 중요하게 부각되어 있고, 완판본은 봉건 수탈에 대항하는 활빈당의 활동이 두드러진다는 점이다. 이것은 「홍길동전」의 수용자층, 곧 서울의 사대부집 부녀자와 경제적·시간적 여유가 있는 호남의 부농층의 차이에서 기인한 것이다. 명문 사대부가 많은 서울의 경우 그만큼 적서 차별의 문제가 심각했고, 곡창 지대인 호남은 다른 지역에 비해 봉건적 수탈에 시달려야 했기 때문일 것이다.

참고한 글과 책

권순긍, 『우리 소설 토론해 봅시다(고전소설 편)』, 도서출판 새날, 1997.

김일렬 역주, 『홍길동전 외』(한국고전문학전집 25), 고려대학교 민족문화연구소, 1966.

박경신 외, 『고등학교 문학(상)』, 금성교과서주식회사, 1997.

설성경, 『홍길동의 삶과 홍길동전』, 연세대학교 출판부, 2002.

세종대왕기념사업회·민족문화추진회, 『국역 조선왕조실록』, 한국학데이터베이스연구소, 1990.

윤세평 주해, 『홍길동전 외』, 흑룡강 인민출판사, 1979.

이윤석 지음, 『홍길동전 연구』, 계명대학교 출판부, 1997.

임형택, 「홍길동전의 신고찰」, 『창작과비평』 통권 42·43호, 창작과비평사, 1976·1977.

정주동, 『홍길동전 연구』, 민족문화사, 1999.

'꼭 제대로 읽어야 할 우리 고전' 편집위원

최운식(문학박사, 한국교원대학교 교수)

김기창(교육학박사, 천안대학교 교수)

배원룡(문학박사, 선화예술학교 교사)

김창진(문학박사, 초당대학교 교수)

이복규(문학박사, 서경대학교 교수)

변우복(교육학박사, 경기도교육청 장학사)

최명자(문학박사, 서울 오류초등학교 교사)

홍길동전

| 초판 인쇄 2005년 3월 28일 | 초판 발행 2005년 4월 7일 |

| 엮은이 김기창 | 펴낸이 임용호 | 펴낸곳 도서출판 종문화사 |

| 편집 민성원 · 임윤빈 | 인쇄 삼신문화사 | 제본 우성제본 |

| 출판 등록 1997년 4월 1일 제22-392 | 주소 서울시 종로구 통의동 35-24 광업회관 3층 |

| 전화 (02) 735-6893 팩스 (02) 735-6892 | E-mail jongmhs@unitel.co.kr |

| 값 6,500원 | ⓒ 2005, Jong Munhwasa printed in Korea |

| ISBN 89-87444-53-8 03810 | 잘못된 책은 바꾸어 드립니다.